Vassili Avenarius, Engelhardt,
Fedor Skvortsov et Alexandra Kovalenskaya

La Vie des insectes

Contes russes du XIXe siècle

traduits par M. d'Aria, Léon Golschmann,
Ernest Jaubert et Hellé

présentés et annotés par Viktoriya et Patrice Lajoye

2017

Collection
« Classiques populaires »

2014

Vassili Avenarius
Histoire extraordinaire d'un Pompéien ressuscité
Alexandre Beliaev
L'Île des navires perdus
Véra Krijanovskaia
Nahéma. Une légende de sorcellerie
Ferdynand Ossendowski
Le Brig "Le Terreur", suivi de La Lutte à venir

2015

P. Orlovets
Sherlock Holmes en Sibérie
Nady Baschmakoff
Les Dieux puissants

Toutes les traductions anciennes ont été revues et si nécessaire corrigées.
© 2017, Lingva, Viktoriya et Patrice Lajoye

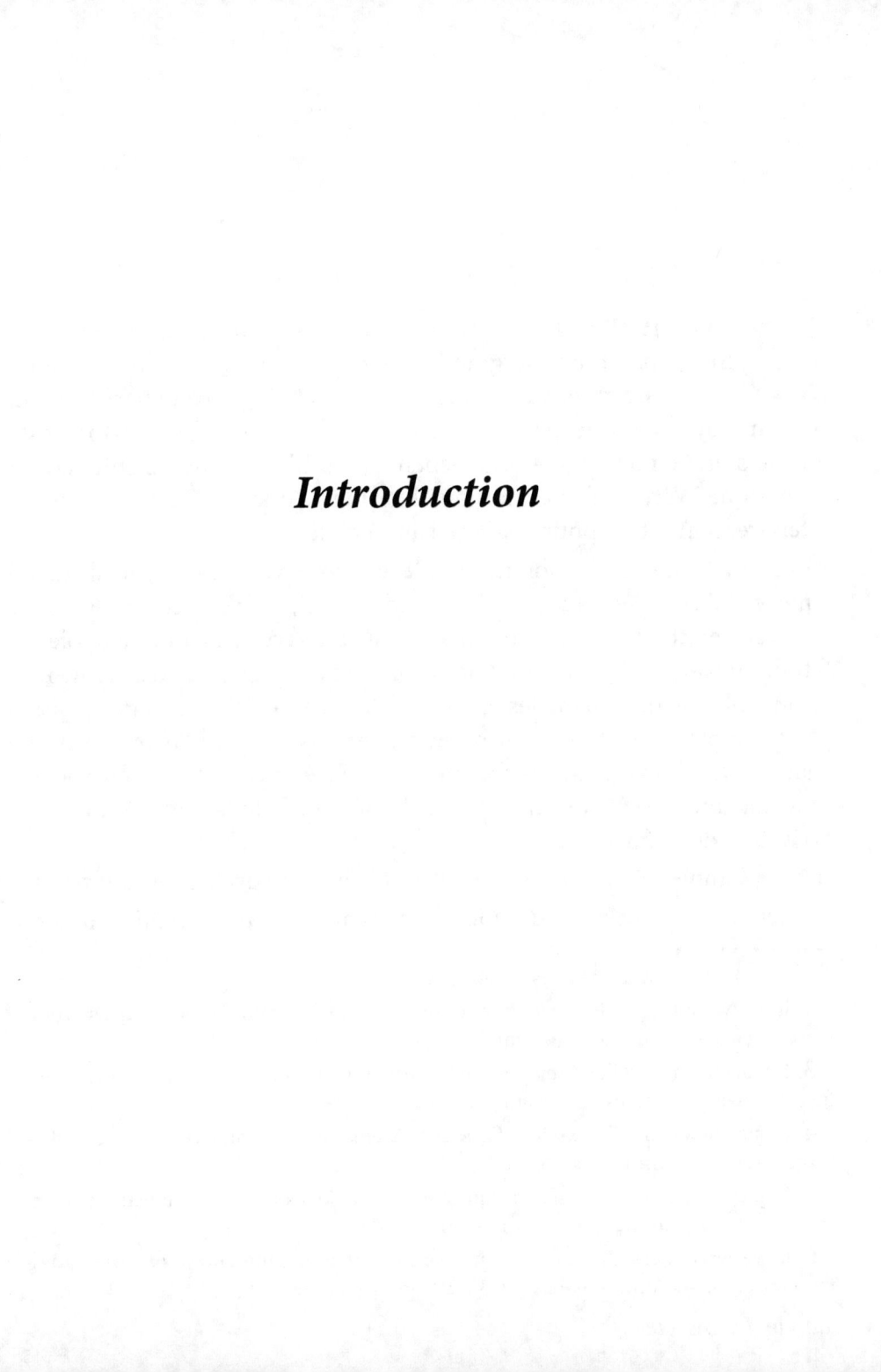

Introduction

Depuis 1991 et la parution du fameux roman *Les Fourmis,* de Bernard Werber, le grand public francophone sait bien que les insectes, et plus spécifiquement les fourmis, peuvent parfaitement être employés comme personnage de fiction, pour peu que l'on fasse preuve d'un peu d'imagination. Cependant, seuls quelques érudits savent encore que Werber n'est en fait que l'héritier d'une fort longue tradition littéraire, remontant pour l'essentiel au XIXe siècle.

Ainsi, au terme d'une longue étude en cinq volets, le spécialiste du « merveilleux scientifique »[1] Jean-Luc Boutel, a pu recenser plus de 100 récits mettant en œuvre des insectes de tous types. Le premier volet de l'étude concernait les fourmis[2], le second les araignées[3], le troisième tout ce qui vole[4], le quatrième les extraterrestres[5], et le dernier tous les laissés pour compte[6]. Ce classement prenait pour base la popularité relative de chaque type d'insectes: les fourmis, avec leur mode de vie en société, pouvant donc servir de modèle ou de décalque de la société humaine, arrivaient de ce fait en tête.

Il nous semble cependant qu'un autre classement aurait pu être proposé :

1. les récits ayant pour uniques personnages, ou presque, des insectes,

---

1. L'un des noms anciens de la science-fiction.

2. http://www.merveilleuxscientifique.com/thematiques/animaux-monstrueux/des-insectes-et-des-hommes-les-fourmis/

3. http://www.merveilleuxscientifique.com/thematiques/animaux-monstrueux/des-insectes-et-des-hommes-les-araign%C3%A9es/

4. http://www.merveilleuxscientifique.com/thematiques/animaux-monstrueux/des-insectes-et-des-hommes-les-volants/

5. http://www.merveilleuxscientifique.com/thematiques/animaux-monstrueux/des-insectes-et-des-hommes-les-extra-terrestres/

6. http://www.merveilleuxscientifique.com/thematiques/animaux-monstrueux/des-insectes-et-des-hommes-les-laiss%C3%A9s-pour-compte/

La vie des insectes

et mettant en œuvre leur vie, leurs aventures, l'exemple actuellement le plus connu étant *Les Fourmis* de Werber ;

2. les récits qui nous montrent des êtres humains s'aventurer dans le monde des insectes, suite par exemple à un rapetissement, l'exemple-type étant *L'Homme qui rétrécit* de Richard Matheson (1956) ;

3. les récits dans lesquels les insectes, qu'ils soient géants ou d'origine extraterrestres, entrent en concurrence directe avec l'Humanité.

La littérature russe connaît évidemment des œuvres relevant de ces

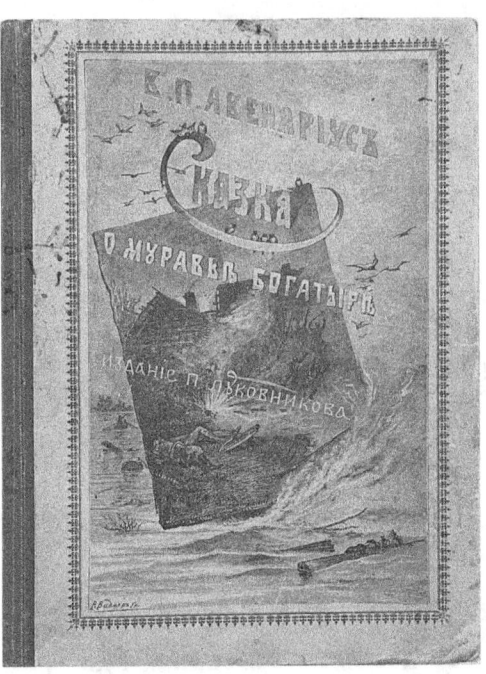

Vassili Avenarius, *Le Héros d'une fourmilière*

trois catégories. Pour la troisième, nous pouvons compter sur *La Plutonie* (*Плутония, Необычайное путешествие в недра Земли*), de Vladimir Obroutchev (1926)[7], qui montre, au tournant de multiples aventures dans un monde souterrain[8], une population de fourmis géantes. Concernant le deuxième cas de figure, l'exemple le plus connu est le roman *Les Aventures extraordinaires de Karik et Valia* (*Необыкновенные приключения Карика и Вали*), de Yan Larry (1937)[9], où il est question de deux enfants et d'un scientifique accidentellement réduits à la taille de petits insectes. Le chemin qui les ramènera chez eux sera l'occasion de découvrir l'ensemble de ce microcosme, comme le feraient des explorateurs sur un autre monde.

C'est cependant le premier thème qui a été le plus souvent abordé, et ce de façon très ancienne. Dès 1816, une courte fable versifiée anonyme intitulée *La Fourmi et la mouche* (*Муравей и Муха*), adaptation très libre d'une fable

7. Trad. M. Arsenieva, 1954, Moscou, Éditions en Langues étrangères, rééd. Moscou, Radouga, 1982.

8. *La Plutonie* relève du thème de la Terre creuse.

9. Trad. V. Souchard, 1946, Paris, Nagel.

Contes russes du XIXᵉ siècle

Sofia Lavrenteva, *Nous nous reposons et lisons*

de Phèdre[10], était imprimée à Saint-Pétersbourg. Mais le premier auteur à exploiter cette veine est en fait le prince Vladimir Odoievski, qui, en 1835, publie *Le Ver (Червячок)*, mettant en scène, sous le regard d'enfants, les tribulations d'un ver qui devient chenille puis papillon[11]. S'ensuivent, à notre connaissance, 27 récits, tous destinés à un public d'enfants, et pour la plupart publiés à la fin du XIXe siècle ou au tout début du XXe[12] :

- **Les Aventures d'une fourmi (Похождения муравья)*, anonyme (1852) ;
- **Quelques minutes de la vie des insectes (Несколько минут из жизни насекомых)*, de A. Zoubkovski (1862) ;
- **Les Fourmis (Муравьи)*, de S. L. Bobrovskaya (1873) ;
- *Pluchette (Сказка о пчеле мохнатке)*, de Vassili Avenarius (1879) ;
- *Le Héros d'une fourmilière (Сказка о муравье-богатыре)*, de Vassili Avenarius (1890) ;
- **La Cigale et la fourmi (Стрекоза и Муравей)*, de M. Ergolskaya (1892) ;
- *Les Aventures extraordinaires d'une fourmi (Удивительные приключения муравья)*, de Fedor Skvortsov (1894) ;
- **La Fourmi enchanteresse (Муравей чудодей)*, de Maria Sleptsova (1894) ;
- **La Fourmi fouineuse (Муравей - хлопотун)*, de S. I. Lavrenteva (1894) ;
- **Contes sur les fourmis (Рассказы о муравьях)*, de I. Feoktistov (1896) ;
- *Le Tue-mouche (Мухомор)*, d'Alexandre Kovalenskaya (1897) ;
- **La Fourmi (Муравей)*, de O. Kostritsina (1898) ;
- **La Libellule et la fourmi : conte ossète (Муравей и Кузнечик: осетинская сказка)*, de V. Gattsouk (1898) ;
- *La Fourmi prophétesse (?)* de Nikolaï Engelhardt (?) ;
- *Le Ver et la rose (?)* de Nikolaï Engelhardt (?)[13] ;

---

10. *Fables* IV, XIX. Cette fable est elle-même à l'origine de *La Cigale et la fourmi* de Jean de la Fontaine.

11. Nous avons réédité ce récit, traduit par G. Leroy, dans notre recueil de Vladimir Odoievski, *La Cité sans nom*, 2014, Lisieux, Lingva.

12. Les titres précédés d'un astérisque sont inédits en français.

13. Traduit dans *Le Livre des bêtes* (1901, Paris, Ollendorff) par Léon Golschmann et Ernest Jaubert.

La vie des insectes

- *Les Fourmis et autres contes et poèmes pour enfants (Муравьи и другие рассказы и стихи для детей), de M. A. Lvova (1901);
- *Les Fourmis secoureuses et autres contes pour enfants (Муравьи-спасители и другие рассказы для детей), de I. I. Mitropolski (1903);
- *Vassia au village : image de la nature (Вася в деревне : картинки с натуры), de S. I. Lavrenteva (1905);
- *Les fourmis guerrières et leur haine des étrangers (Война муравьев и их ненависти к чужакам), de E. H. Vodovozova (1905);
- *Les Fourmis (Муравьи), de E. Piotrovitch (1907);
- *Le Peuple affairé (Деловой народ), anonyme (1909);
- *La Fourmi héroïque : essai (Муравей-богатырь : очерк), de P. Alekseev (1912);

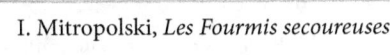

I. Mitropolski, *Les Fourmis secoureuses*

- *La Fourmilière (Муравейник), de N. A. Soloviev-Nesmelov (1912);
- *Au Royaume des abeilles et des fourmis : conte pour enfants (В царстве пчёл и муравьёв : рассказ для детей), de I. A. Lioubitch-Kochourov (1913);
- *Libellule - petites libellules (Кузнецы-кузнечики), de I. A. Lioubitch-Kochourov (1913);
- *Les Aventures d'une cigale (Приключения стрекозы), de I. A. Lioubitch-Kochourov (1913);
- *Un Terrible malheur : souvenirs d'une fourmi ouvrière (Ужасное несчастье : из воспоминаний рабочего муравья), de P. V. Zassodimski (1915).

Sur l'ensemble de cette liste, nous avons retenu cinq récits, dont un met en œuvre des abeilles, trois autres des fourmis et le dernier, une micro-société tout entière.

L'ensemble pourrait donner l'impression d'une belle diversité, si le récit de Skvortsov n'était en fait qu'une réponse évidente de celui d'Avenarius. Skvortsov prend en effet le parti inverse de celui d'Avenarius : *Le Héros d'une fourmilière* nous montre les actions des rousses, esclavagistes, tandis que *Les Aventures extraordinaires d'une fourmi* prennent parti pour le camp d'en face, celui des petites fourmis noires, victime des rousses.

L'ensemble des récits russes, y compris celui d'Odoievski, s'adresse aux enfants, et trois de nos auteurs étaient d'ailleurs essentiellement connus comme

P. Zassodimski, *Histoires et contes d'un grand-père*

8

auteurs de contes pour les petits. Ils ont donc tous une portée éducative et prennent soin de présenter par le détail les connaissances que l'on avait à l'époque du monde des insectes. Et il faut bien noter que si parfois nos auteurs se laissent aller à quelques fantaisies (comme l'usage d'autres fourmis en guise de monture chez Avenarius), ce qu'ils disent n'a guère vieilli.

L'autre facette de cette portée éducative apparaît dans le fait que ces récits peuvent être vus comme des paraboles de la société humaine. Avenarius critique l'esclavage – et donc le servage russe – : il prône une évolution de la société par le progrès technique, qu'il faut apprendre à maîtriser soi-même, et non voler chez ses voisins. Skvortsov ne tient pas d'autre discours, montrant que si les fourmis rousses font preuve d'une belle vitalité en attaquant les pauvres noires, cela n'empêchera pas leur fourmilière, comme sous le coup d'une colère divine, d'être détruite. Le texte d'Engelhardt est plus surprenant encore, puisqu'il nous montre une société dominée par des reines qui inculquent sciemment au bas peuple (aux ouvrières) une fausse religion. Et quand les ouvrières se soulèvent enfin, leur révolution ne peut être vouée qu'à l'échec, car elles ne sont pas instruites et continuent de penser selon les préceptes de la fausse religion.

Les cinq récits que nous rééditons ici ont été publiés anciennement, au XIXᵉ siècle ou au tournant du XXᵉ, dans des livres de prix. Ces livres sont maintenant devenus rares, voire introuvables.

Pluchette provient d'un recueil de M. d'Aria, *Contes merveilleux traduits du russe,* vers 1910, Paris, Librairie d'Éducation de la Jeunesse. *Le Héros d'une fourmilière,* traduit par Léon Golschmann, a fait l'objet d'une édition en petit volume, en 1899, à Limoges, chez Ardant / Librairie

La vie des insectes

nationale d'Éducation et de Récréation. *Le Tue-mouche*, traduit par Hellé (pseudonyme de Léon Golschmann et Ernest Jaubert), a été intégré dans le recueil *Dans l'Isba. Contes du pays russe*, vers 1900, Paris, Société Française d'Imprimerie et de Librairie. Ce recueil a fait l'objet d'au moins une réédition. *La Fourmi prophétesse* a fait l'objet d'une traduction par Léon Golschmann et Ernest Jaubert dans *Le Livre des bêtes* paru en 1901 chez Ollendorff. Enfin *Les Aventures extraordinaire d'une fourmi* a été traduit sous le titre de *Journal d'une fourmi* par Hellé, et édité vers 1900 chez Firmin Didot dans un ouvrage du même titre contenant aussi la nouvelle *Le Caneton*.

Nous n'avons pu retrouver les versions russes que du *Tue-mouche* et du *Héros d'une fourmilière*, qui sont donc les seuls textes à avoir pu bénéficier d'une réelle révision de traduction – certes très légère, cela dit. Pour les trois autres textes, nous avons dû nous contenter d'une simple relecture afin d'éliminer autant que possible les coquilles de leurs premières éditions. Nous ne sommes d'ailleurs pas tout à fait certains que *La Fourmi prophétesse* puisse être définitivement attribué à Nikolaï Engelhardt et non à son père l'agronome Alexandre Engelhardt ou à son frère Mikhaïl, ou même encore à leur homonyme Sofia Engelhardt, qui est d'ailleurs la seule de tous à avoir publié des contes pour enfants : nous n'avons même pas trouvé trace de l'original russe, et il n'est pas impossible, étant donné le caractère révolutionnaire du texte, que le manuscrit soit parvenu à ses traducteurs sans avoir été édité en Russie, comme cela se faisait souvent alors.

Les illustrations qui accompagnent les textes sont celles de leurs premières éditions françaises. Elles sont de Liéger (*Le Tue-mouche*), Martin (*Aventures extraordinaires d'une fourmi*), Marius Léger (*La Fourmi prophétesse*) et A. Leroux (*Pluchette*). Elles sont anonymes pour *Le Héros d'une fourmilière*.

L'illustration de couverture est extraite de *Veranderingen der Surinaemsche Insecten*, de Maria Sibylla Merian (Amsterdam, 1719).

Patrice Lajoye
Lisieux, 9 août 2017

Vassili
Avenarius

Le Héros d'une fourmilière

Avant-propos

L'histoire du héros de ce conte est assurément imaginaire ; mais les détails concernant la vie privée et publique des fourmis agricoles et des fourmis éleveuses ; leur manière de faire la guerre, et autres traits de mœurs sont absolument vrais et conformes à la réalité.

I

CHEZ LES PEAUX-ROUGES – LA MOISSON –
UN NOBLE GUERRIER QUI FRATERNISE AVEC DES ESCLAVES

C'était au temps de la moisson chez les fourmis agricoles aussi bien que chez les hommes. Le champ situé devant la fourmilière, était tout entier couvert de fourmis occupées aux travaux de la récolte. Les unes, grimpées à la cime des épis, coupaient avec leurs mâchoires, tranchantes comme des faucilles, les tiges mûres du riz sauvage. Les autres attendaient en bas, ramassaient les grains détachés et, après les avoir extraits de leur enveloppe, les emportaient dans le grenier.

Entre les sillons étaient tracés des sentiers réguliers, qui convergeaient, comme autant de rayons, vers la porte principale de la fourmilière. Sur le bord des sentiers, à des distances déterminées, se trouvaient des dépôts provisoires. Les moissonneuses ne transportaient les graines récoltées que jusqu'au premier dépôt. De là d'autres fourmis, les porteuses, les amenaient au dépôt suivant ; et ainsi, de dépôt en dépôt, les grains arrivaient jusqu'aux gardes-magasins, à l'entrée même de la fourmilière ; celles-ci les portaient enfin à l'intérieur, dans les greniers et les magasins d'hiver.

Tout ce travail était fait par de toutes petites fourmis d'un noir cendré. Mais celles-ci n'étaient pas les maîtresses de la fourmilière ; elles n'en étaient que les ouvrières et manœuvres. Il y avait d'autres fourmis beaucoup plus grosses, d'une couleur roux cuivré, de vrais peaux-rouges, qui fainéantaient en compagnie, au soleil, sur les glacis de la fourmilière. De ces hauteurs, il leur était facile de voir à la fois toute l'étendue du champ, et de surveiller les ouvrières.

Parmi ces dames rousses, ces amazones, qui se prélassaient, une surtout se distinguait par sa taille et sa corpulence. Elle paraissait jouir d'une

Contes russes du XIXᵉ siècle

considération toute particulière, car elle était couchée sur un tapis odorant, une feuille de rose. C'était la mère de toutes les rousses qui l'entouraient ; c'était la fourmi-reine.

Et en vérité le repos lui était nécessaire. Elle avait passé toute la matinée à pondre des œufs, non pas une dizaine, ou une centaine, ni même un millier ; mais juste dix mille ! Sentant qu'elle allait s'évanouir, elle était sortie un moment pour prendre un peu le grand air.

Il y avait heureusement dans la fourmilière une multitude de nourrices expérimentées, appartenant à la même race laborieuse que les petites ouvrières noires. Grâce à elles, des œufs sortiraient des larves, qui ne tarderaient pas à passer à l'état de cocons ; les nourrices attendraient ensuite le temps nécessaire, et au moment propice laisseraient enfin s'échapper de leurs langes les fourmis adultes. Ah ! c'est qu'elles connaissent si bien leur métier !

Sous la caresse des rayons du soleil, la fourmi-reine s'était un peu assoupie. À son réveil elle étendit en bâillant ses six pattes dodues, et, clignotant des yeux, promena son regard somnolent sur la campagne.

« Qui apparaît là-bas, mes enfants ? demanda-t-elle en montrant de son **14** antenne quelque chose au loin. Ce doit être une des nôtres, une rousse.

Elle ne se trompait pas. Dans le lointain, au milieu des petites moisson- neuses noires, une fourmi noble et rousse se faisait remarquer par sa grande taille et le ton bronze doré de sa peau.

Grimpée au sommet d'un épi, elle rongeait avec un plaisir évident les tiges

La vie des insectes

qui retenaient les grains. Grâce à sa taille et à sa vigueur, elle travaillait trois fois plus vite que les ouvrières. Cramponnée à la tige principale avec ses pattes de derrière, elle attirait à elle à l'aide de ses pattes de devant un grain mûr ; puis le retournait sur sa tige, qu'elle tranchait d'un seul coup, le dépouillait de son enveloppe de paille et le jetait à terre tout épluché. L'équipe d'ouvrières qui l'assistait suffisait à peine à transporter jusqu'au dépôt le plus voisin les grains qu'elle leur jetait.

« Oui, c'est le Rongeur, répondit une des rousses qui se reposaient. Les dents lui démangent probablement.

– Ce n'est pas sans motif qu'on l'a surnommé le Rongeur, observa la fourmi-reine. À peine sorti de son cocon, il a mordu la main de sa nourrice. Pourquoi ? Probablement il n'en sait rien lui-même. Appelez-le, qu'il vienne ici.

– Rongeur, hé ! Rongeur ! » se mirent à crier de concert les fourmis de la suite de la reine.

Le Rongeur, toujours sur son épi, regarda de leur côté. Sa mère le réclamait ; en fils soumis, il descendit sans mot dire le long de la tige, et vint se présenter devant elle.

« Que faisais-tu là-bas, polisson ? lui demanda la vieille.

– Mère, je travaillais, répondit sans façon le Rongeur, en essuyant son front couvert de sueur.

– Tu travaillais ! Mais sais-tu seulement ce que c'est que le travail ? Ce n'est pas de jouer au beau soleil à détacher de l'épi le grain mûr, comme tu le faisais tout à l'heure. Travailler sérieusement, c'est surveiller pendant toute l'année le grain réservé pour les semailles pour qu'il ne moisisse pas ; c'est le retourner chaque jour dans les magasins, et par le temps sec le monter au grand air ; c'est ensuite labourer la terre à la sueur de son front, ameublir le sol, l'ensemencer à la saison nouvelle, et, lorsque le grain aura germé, sarcler la mauvaise herbe, entretenir les sentiers, et enfin serrer la moisson de l'année qui finit, pour recommencer ensuite.

– Je suis prêt à faire tout ce travail, si cela est nécessaire.

– Très bien ! Tu as bien fait d'ajouter : si cela est nécessaire ! Et les ouvrières, à quoi serviraient-elles donc ? Tu ne dois pas oublier, mon enfant, que tu es une noble fourmi rousse, agriculteur de naissance.

– Mais, mère, c'est précisément parce que je le suis, que je devrais donner l'exemple aux ouvrières venues d'ailleurs. »

15

Les fourmis rousses de la suite firent entendre un rire étouffé. La fourmi-reine elle-même, malgré sa corpulence, se souleva un peu, en s'appuyant sur le coude.

« En voilà une idée ! dit-elle. Une fourmi libre et possédant des plantations, qui veut servir d'exemple ! et à qui ! à des esclaves noires !

– Mais, même chez les hommes, depuis longtemps déjà les noirs sont libres, osa répondre le Rongeur.

– Les hommes ! en voilà une comparaison !... Mais sais-tu seulement que lorsque le genre humain errait encore dans les forêts, vivait de fruits sauvages et de racines, nous autres fourmis rousses nous avions déjà nos cités bien organisées, nous cultivions des champs, tandis que les fourmis brunes, éleveuses de bétail, avaient déjà leurs pucerons, leurs vaches laitières. Outre ces deux races supérieures – les rousses et les brunes –, le soleil a bien voulu faire éclore des tribus de fourmis de plus basse extraction. Et de quelle couleur distinctive les a-t-il revêtues ? de noir ! la couleur de l'esclavage. Comment donc pourrions-nous ne pas accepter ce don du ciel ?

– Mais c'est vraiment honteux !... s'écria le Rongeur. Elles sont petites, faibles ; et cependant, elles travaillent à la fois et pour elles, et pour nous ! tandis que nous, qui sommes grandes et robustes, nous restons les bras croisés, à ne rien faire ! Et notre force, pourquoi donc nous a-t-elle été donnée ?

– Comment ? pourquoi ?... Comment nous sommes-nous procurés des esclaves ? Par la force. Si je n'étais si occupée dans la chambre des enfants, je jure par le soleil que ce serait toujours moi qui marcherais à votre tête. Mes enfants, vous êtes avant tout des guerriers, ne l'oubliez pas. Le combat, la lutte, la victoire, la gloire des conquêtes, voilà votre vocation. Et toi-même, mon fils, tu as montré plus d'une fois ta bravoure. À mon avis, après tant d'exploits, on a bien le droit de se reposer à l'ombre de ses lauriers.

II

Le déluge – Un sauveur inattendu –
Une fourmi-reine trop à cheval sur l'étiquette

Pendant qu'on discourait de la sorte, des nuages orageux avaient surgi à l'horizon, voilant le soleil, puis déchirés par l'éclair. Le tonnerre gronda. Un tourbillon violent, chassant devant lui une énorme colonne de poussière, s'abattit sur la fourmilière. Quelques fourmis rousses furent projetées au loin. La reine s'accrocha à son petit tapis, mais le tourbillon lui arracha sa feuille de rose qu'il emporta je ne sais où !

« À la maison, à la maison, mes enfants ! » dit en hâte la vieille fourmi. Soutenue par le Rongeur, elle se mit à descendre la pente. Ils gagnèrent à temps la porte de la cité. Le Rongeur s'y arrêta.

« Grand Dieu ! s'écria-t-il, ce n'est plus un orage, c'est un véritable ouragan ! »

Le vent secouait avec violence et faisait ployer les arbres, emportant les feuilles, arrachant rameaux et grosses branches, et les faisant tournoyer en l'air dans une danse effrénée.

Que devenaient les pauvres petites moissonneuses ? Prises à l'improviste, elles cherchaient, elles aussi, un abri. Saisissant en grande hâte quelque grain, elles couraient, à l'envi vers la fourmilière pour y trouver refuge. Mais le vent les renversait à chaque pas, et leur arrachait leur précieux fardeau.

Tout à coup un éclair éblouissant déchira la nue, accompagné d'une violente détonation. Tout aussitôt la pluie commença à tomber à torrent. C'était un déluge ! En deux ou trois minutes, le champ devant la fourmilière devint une mer tumultueuse. Les moissonneuses luttaient vaillamment contre les flots qui les emportaient ; le vent les rejetait de côté et d'autre,

contre les pailles affaissées; l'averse les cinglait impitoyablement. Elles s'accrochaient avec acharnement aux épis, comme à leur dernière planche de salut. Malheureusement les épis, abattus eux-mêmes par le vent, disparaissaient sous l'eau.

Un coup de vent détacha d'un arbre voisin une grande branche. Elle tournoya un instant au-dessus de la fourmilière, puis tomba au milieu des flots mugissants qui avaient englouti le champ. En tout autre temps, c'eut été un malheur pour les fourmis; en ce moment-là ce fut au contraire leur salut. Les moissonneuses noires qui se débattaient entre les épis à moitié submergés, grimpèrent prestement sur ce rameau providentiel. Elles gagnèrent sans trop de difficulté l'extrémité de la branche la plus rapprochée de la fourmilière. Mais de là à la fourmilière, il restait encore une vingtaine de pas de fourmis, un abîme infranchissable… Les moissonneuses déconcertées allaient et venaient sur la branche, se demandant que faire dans leur effarement.

Cependant le secours était proche. Le Rongeur quitta courageusement, malgré l'averse, l'abri de la porte. Il entra dans l'eau. Grâce à sa haute taille, l'eau ne lui montait qu'à la ceinture. Les petites moissonneuses aperçurent leur sauveur, et se portèrent en foule au bout de la branche. À peine était-il parvenu au-dessous, que quelques-unes, en grande hâte, se laissèrent tomber sur sa tête, sur son cou, sur son dos. Lui, fort comme un colosse, les transporta toutes à terre, puis revint chercher une nouvelle charge. De cette façon il réussit à sauver et mettre en sûreté toutes les moissonneuses qui avaient trouvé refuge sur la branche.

La vie des insectes

18

Un instant après, avec un fracas épouvantable, la foudre tombait sur la fourmilière. Partout où avait passé le fluide, la voûte se crevassa et s'écroula. Cette ouverture donna un libre accès à la pluie.

Le Rongeur accourut. Quand il arriva sur le théâtre du sinistre, les fourmis noires, aussi bien les moissonneuses que les porteuses, s'étaient déjà transformées en ingénieurs et en terrassiers, et de ce nombre étaient aussi celles qu'il venait de sauver. La foudre avait bien un peu brûlé les unes, contusionné et étourdi les autres; mais elles ne pensaient plus à elles-mêmes; elles ne songeaient qu'à sauver la fourmilière. Les unes apportaient de la terre et du sable, des aiguilles de pins, de petits cailloux pour soutenir les plafonds; les autres amenaient des brins d'herbe et des brindilles – vraies poutres de fourmis – pour étayer et prévenir un nouvel éboulement. Toutes ces ouvrières n'étaient pourtant que de faibles manœuvres asservies par les rousses, étrangères à la fourmilière. Quant aux propriétaires, aux

fourmis rousses, douées cependant d'une vigueur exceptionnelle, elles s'étaient mises à l'abri dans les quartiers les plus reculés, sans se soucier de tout le reste…

« Voulez-vous me permettre de vous aider un peu », demanda le Rongeur, en s'approchant d'un groupe de noires, qui se trémoussaient autour d'une longue poutrelle, et s'efforçaient vainement de la soulever.

Les petites travailleuses, très étonnées, firent place. Chose incroyable! une noble fourmi rousse venait les aider dans leur rude besogne!

Contes russes du XIXe siècle

Pour le Rongeur, la poutre était aussi légère qu'une plume ; d'un seul coup il la mit debout.

« Est-ce pour soutenir la voûte ? demanda-t-il.

– Oui, votre hautesse.

– Que fais-tu donc là encore, mon fils ? » gémit une voix d'un ton de reproche.

De l'autre côté de l'éboulis se tenait, les pattes sur les hanches, la fourmi-reine, et derrière elle se pressait toute sa suite rousse. Le Rongeur tomba en confusion.

« Je leur prête main-forte… balbutia-t-il.

– Çà ne te regarde pas, mon ami.

– Mais, si nous attendions, ma chère maman, nous serions tous trempés et noyés !

– Du tout ! la pluie a cessé. »

Et en effet, l'orage avait épuisé ses fureurs. Après s'être déchaîné tout à son aise, le coup de foudre si fatal à la fourmilière avait été son dernier effort ; il en perdit haleine et s'apaisa. Au travers de la voûte entrouverte, on apercevait déjà un coin de ciel bleu.

« Laisse-moi passer », dit la reine. Et se dandinant de droite et de gauche, elle traversa l'éboulis sur les mottes de terre encore humides et chancelantes.

« Veux-tu m'aider à sortir, l'atmosphère est toujours un peu lourde ici… » continua-t-elle.

Le Rongeur lui offrit la patte et gagna avec elle le grand air.

III

Le Rossignol-Brigand – Un saut effroyable – Première campagne de notre héros

« **E**h bien ! asseyons-nous un peu ici, sur cette pente, dit la fourmi-reine toute essoufflée. Comme le grand air est délicieux après l'orage ! »

Le Rongeur prit place à côté d'elle sans rien dire.

« Tu n'as pas la mine gaie, mon fils, dit la vieille.

– Comment veux-tu que je sois gai, quand tant d'ouvrières ont péri inutilement ? Regarde, le champ est jonché de leurs corps. »

La pluie, qui tout à l'heure avait inondé le champ, s'était absorbée peu à peu dans le sol. Il ne restait que quelques petites flaques ; et entre les sillons on apercevait les cadavres noirs des moissonneuses noyées. I.e Rongeur était bien loin d'avoir sauvé tout le monde !

« Le grand malheur ! observa la fourmi-reine. Des esclaves ? on en trouve toujours autant qu'on en veut.

– Qu'importe ? n'était-ce pas pour nous qu'elles travaillaient, s'écria le Rongeur.

– Et tu en as pitié, toi ? Tu es soldat, mon fils, et tu dois avoir un cœur de bronze. Il peut t'arriver, pas plus tard que demain, d'être obligé de razzier une fourmilière de noires, leurs sœurs. Tu ne pourras jamais faire la guerre si tu écoutes les raisons énervantes de ton cœur.

– À la guerre, je saurai être brave, répondit le Rongeur. Mais il n'y a pas de gloire à vaincre ces frêles créatures. Ah ! si j'avais à combattre un adversaire égal ou même supérieur à moi ! Quelque monstre-ailé, par exemple… »

Comme une réponse à ces paroles, dans l'épaisseur du bois, retentirent les roulades éclatantes d'un rossignol.

« Quand on parle du loup, on en voit la queue, murmura la reine, en tremblant de tout son corps obèse. Écoute sa chanson. On dirait les tintements d'une vraie clochette. Mais c'est en réalité le plus terrible ennemi de notre race ; c'est le Rossignol-Brigand[1], celui dont il est tant parlé dans les légendes. Malheureusement le héros qui doit triompher de cet ennemi n'a pas encore vu le jour. »

Le Rongeur souleva sans mot dire un brin d'herbe qu'il avait saisi comme un gourdin, et le fit tournoyer au-dessus de sa tête.

La fourmi-reine regardait cet exercice gymnastique avec un sourire complaisant, mais quelque peu railleur.

« Serait-ce toi par hasard, ce héros attendu, mon petit Rongeur ?

– Et pourquoi pas ? Répondit-il avec fougue, en brandissant bravement son bâton.

– Nous autres, pauvres fourmis, nous ne pourrions certainement pas lutter avec toi », continua la vieille. Mais sur ce monstre hideux, le Rossignol-Brigand, tes coups ne seraient même pas capables de produire l'effet d'une simple chiquenaude. »

Elle avait raison. De dépit le Rongeur jeta son gourdin loin de lui. En tombant le gourdin ricocha trois ou quatre fois sur la pente, et à chaque coup renversa un certain nombre d'ouvrières qui sortaient de la fourmilière en portant des grains de blé mouillés, des œufs, ou des cocons.

« Bravo ! » fit la fourmi-reine.

Mais le Rongeur eut honte de son action et détourna la tête.

Cependant le glacis de la fourmilière, du côté tourné au soleil, s'était rapidement couvert de grains, d'œufs et de cocons qu'on y apportait à sécher. Le Rossignol n'attendait sans doute que ce moment. Il poussa un cri joyeux, s'élança sur la fourmilière et se mit à becqueter œufs et cocons. En vain les esclaves noires voulurent couvrir de leur corps le bien de leurs maîtresses. Le brigand ailé les tuait net d'un seul coup de bec, et continuait avec un appétit féroce son repas à peine interrompu.

La fourmi-reine et toute sa suite rousse étaient terrifiées. Le Rongeur se remit le premier.

« Suivez-moi, mes braves ! » s'écria-t-il.

Et il se jeta sur le brigand.

---

1. Allusion à Soloveï (« Rossignol ») le Brigand, personnage monstrueux célèbre du folklore russe, dont le puissant souffle tuait les voyageurs qu'il détroussait – NdÉ.

Entraînées par son exemple, les fourmis rousses le suivirent. Elles s'accrochèrent aux pattes du rossignol, comme des matelots aux mâts d'un vaisseau; elles se hissèrent jusqu'au corps de l'oiseau vorace; et là, sous ses ailes, sur son cou, elles enfoncèrent leurs

mandibules acérées dans sa peau et dans ses chairs.

Le brigand s'éleva dans les airs en poussant des cris plaintifs et s'enfuit à tire d'aile, emportant sur ses flancs le Rongeur et ses camarades.

« Maintenant, en retraite, mes amis ! » commanda le Rongeur.

D'une effroyable hauteur il se laissa tomber jusqu'à terre. Ses camarades en firent autant. Grâce à l'élasticité de leur corps, aucun ne se fit de mal; et bientôt tout le bataillon était de retour à la fourmilière.

« Honneur aux braves ! s'écria en forme de félicitation la fourmi-reine. À toi, Rongeur, mes plus chauds remerciements, tu es un vrai héros !... Vive notre héros !

– Hourrah ! Vive le héros ! cria la population rousse et noire de la fourmilière.

– Merci, répondit le Rongeur, touché de cette unanime manifestation de sympathie. Ce que je viens de faire, chacun en fera certainement autant à la prochaine occasion.

– C'est toujours de toi que vient le bon exemple, dit la vieille fourmi; et l'initiative est ce qu'il y a de plus important. À propos, mes enfants, comme vous êtes tous ici présents, peut-être nous ferions bien de discuter une mesure urgente. Deux malheurs nous ont frappés aujourd'hui: le déluge et l'attaque du Rossignol. L'un et l'autre ont diminué notre population

Contes russes du XIXe siècle

ouvrière de presque moitié. La moisson a eu aussi beaucoup à souffrir de la pluie. Nous serons obligés d'aller quérir du grain aux extrémités de la terre ; et pour cela nous aurons besoin de porteuses. Et bien ! comment pourrions-nous nous en procurer ?

– En envahissant le pays des noires ! » répondirent d'une seule voix tous les guerriers.

Les esclaves noires aussi bien que leurs maîtresses rousses considéraient cette mesure comme inévitable et d'une impérieuse urgence.

« Nous sommes, je le vois, parfaitement d'accord sur ce point, continua la reine. Mais pour le succès de l'entreprise il faut un chef intelligent et habile. Qui allons- nous choisir aujourd'hui pour commander le corps expéditionnaire ?

– Notre héros ! Le Rongeur ! » cria de nouveau l'assemblée.

Le Rongeur n'avait plus qu'à accepter la charge honorable, mais lourde, que le peuple venait de lui imposer.

24

IV

La Conquête des esclaves – Brave guerrier et noble cœur –
À l'attaque des peaux-noires

Le pays des fourmis noires était éloigné de la fourmilière des rousses d'environ trois heures de marche. Les razzias d'esclaves se renouvelaient assez fréquemment. Le Rongeur y avait pris part plus d'une fois comme simple guerrier. Aussi, chargé du commandement de la colonne expéditionnaire, il sut parfaitement la conduire par le chemin le plus court. Il faut dire que la marche n'était guère facile ; il y avait à franchir des chaînes de montagnes de plus de deux mètres de hauteur, à descendre dans des précipices d'un mètre de profondeur au moins. Les ravins creusés

par la pluie de la veille n'étaient pas encore à sec, de sorte que, pour atteindre l'autre bord, les fourmis rousses devaient en se cramponnant les unes aux autres, former comme une sorte de pont. Cependant, en

Contes russes du XIXᵉ siècle

dépit de tous ces obstacles, trois heures après le départ, le corps expéditionnaire arrivait au pas accéléré à la frontière du pays des noires. Ce pays était un petit vallon verdoyant; au centre on remarquait une excavation, porte principale de la cité souterraine. En qualité de race inférieure, les peaux-noires habitaient à une certaine profondeur sous terre. Leurs rues et leurs ruelles souterraines, qui convergeaient et s'entrelaçaient en un véritable labyrinthe, débouchaient sur un boulevard principal, lequel conduisait à la porte d'entrée établie au niveau du sol. Cette porte était ouverte, mais une garde nombreuse y veillait jour et nuit.

Le Rongeur arrêta son armée sur le bord du champ qui entourait la fourmilière.

Les sentinelles noires ne pouvaient les apercevoir à cause de l'herbe assez haute. Mais le sens de l'odorat est en général très développé et très délicat chez les fourmis; l'odeur spéciale, qui s'exhale de leur corps, et ressemble à celle du vinaigre, se répand au loin; de plus le vent soufflait dans la direction de la fourmilière, si bien que les sentinelles noires levèrent immédiatement le nez.

« Les rousses! les rousses approchent! » crièrent-elles toutes à la fois; et cette terrible nouvelle se répandit avec la rapidité de l'éclair par toutes les rues et ruelles jusqu'aux dernières profondeurs de la fourmilière.

La vie des insectes

« Les rousses approchent ! »

Ah ! les peaux-noires ne savaient que trop bien ce que signifiait l'apparition inattendue de ces brigands. Elles sortirent courageusement à la rencontre de l'ennemi.

Cependant le Rongeur rangeait en bataille son armée, petite, mais valeureuse. Puis il se plaça devant le front des troupes, et les harangua :

« Écoutez, mes braves ! Nous n'avons pas besoin de verser le sang. Nos adversaires sont des fourmis comme nous. Ménagez-les autant que possible, et si elles vous serrent de trop près, contentez-vous de les bousculer un peu, pour qu'elles ne prennent pas la mauvaise habitude de se rebiffer. Avez-vous compris, mes braves ?

– Oui, général. »

Le grand chef appela une des fourmis du flanc, lui sauta sur le dos, et, caracolant d'un air crâne, conduisit son armée à l'assaut.

À ce moment même un véritable flot de petites peaux-noires se précipitait à leur rencontre. Elles étaient de petite taille, il est vrai ; mais leur nombre dépassait de beaucoup celui de leurs ennemis. De plus la colère décuplait leurs forces.

Elles enveloppèrent comme un anneau les rangs serrés des rousses, et sans attendre engagèrent le combat à l'arme blanche. Les géants roux, obéissant à l'ordre de leur chef, se contentaient de les repousser tout doucement. Les peaux-noires du premier rang tombaient à la renverse, culbutées par ces coups

Contes russes du XIXᵉ siècle

27

légers. Mais par-derrière se pressaient toujours de nouvelles rangées de combattants minuscules, qui s'attachaient avec rage aux membres postérieurs des géants. Ceux-ci se débattaient, mais sans pouvoir se retourner, si bien que leurs adversaires furieuses finissaient par les renverser à terre. Alors la rousse était perdue : les petites peaux-noires grimpaient sur ses épaules, sur sa tête, la transperçaient de leurs armes empoisonnées à l'acide formique.

Les rousses pliaient. Le chef seul ne se troubla point. Du haut de la fourmi qui lui servait de monture, il dominait le champ de bataille. Pour lui il n'y eut plus de doute : encore quelques instants, et son armée était vaincue.

« Tenez ferme, mes braves ! cria-t-il à ses soldats. Ils veulent la mort ? eh bien ! ne les ménagez plus ! »

Et il se jeta au plus épais de la mêlée. Ce n'était plus une fourmi, c'était un lion ; c'était Samson abattant les Philistins par centaines, et éclaircissant leurs rangs à chaque coup ; c'était le faucon planant dans la nue, et faisant pleuvoir ses victimes emplumées.

Le sort de la bataille se décida en quelques secondes. La clairière était jonchée des cadavres des peaux-noires. Celles qui avaient échappé au carnage, fuyaient à la débandade. Les rousses se mirent à les poursuivre, mais leur chef les arrêta.

« Arrêtez, mes braves ! Leur déroute est complète ; elles ne reviendront pas ! »

Alors, le poing sur la hanche, il fit crânement avancer sa monture jusqu'à la porte de la ville souterraine, puis donna le signal de mettre au pillage la cité sans défense.

Toute l'armée victorieuse s'engouffra dans la fourmilière, et reparut bientôt chargée de butin. L'un portait sur son dos un sac de cocons, l'autre tenait dans ses bras une petite négrillonne qui se débattait en désespérée. Les nourrices noires, restées dans la ville pendant la bataille, couraient maintenant après leurs nourrissons. Affolées elles s'accrochaient aux pattes des pillards, les suppliaient avec larmes ; mais ni leur faiblesse ni leurs pleurs n'étaient capables d'arrêter les vainqueurs dans l'enivrement de leur triomphe.

Malheur aux vaincus ! Gloire aux vainqueurs !...

Mais pourquoi le héros de la journée, le jeune et turbulent vainqueur, baisse-t-il ainsi tout à coup sa tête altière ?

V

Deux chefs d'armée – Après la bataille – Idées d'une fourmi sur l'esclavage

« Général, de quels rêves se bercent vos esprits ? » demanda à son oreille une voix railleuse.

Et en même temps l'antenne d'un personnage inconnu lui caressa familièrement l'épaule.

Du haut de sa monture, le Rongeur dévisagea d'un regard de travers celui qui venait de le traiter si familièrement.

C'était une fourmi de même taille que la sienne. Cependant ce n'était pas une rousse, mais une brune au corselet d'un rouge vif.

« À qui ai-je l'honneur de parler ? demanda le Rongeur.

– À un chef, comme vous, général, mais de la race pastorale. Je m'appelle le Suceur. On me surnomme aussi Fine-Bouche.

– Enchanté de faire votre connaissance, répondit poliment le Rongeur, et il se nomma à

Contes russes du XIXᵉ siècle

son tour.

– Le héros des fourmis rousses ? reprit de Suceur. Eh bien ! Vous avez parfaitement mérité ce titre. Du haut de cet arbre, j'ai suivi toutes les péripéties de la bataille, vous conduisez admirablement vos troupes. Cependant, je dois dire…

– Quoi donc ?

– Ne vous offensez pas de ce que je vais dire, général. Je cause avec vous d'égal à égal…

– Parlez donc.

– Pourquoi avez-vous tué tant de fourmis ? »

Il montra le champ de bataille cou vert de cadavres de fourmis noires, et par places aussi de fourmis rousses.

« C'est qu'il a été impossible de faire autrement !

– Allons donc ! Vous manquiez d'esclaves, n'est-ce pas ?

– Parfaitement, cher Monsieur.

– Eh bien ! ne sauriez-vous pas vous en passer ? Ne pourriez-vous pas faire vos cultures vous-mêmes ? »

Le Suceur exprimait précisément les idées que le Rongeur avait lui-même exposées peu auparavant à sa vieille mère. Mais celle-ci l'avait fait rougir de honte devant les rousses, ses sœurs. Leur cité ne possédait-elle pas des esclaves pour subvenir aux soins de l'alimentation commune, pour soigner et élever les enfants ? Et lui n'était-il pas un noble guerrier, réservé à d'autres destinées ?

« Je suis avant tout soldat. J'accomplis mon devoir… essaya-t-il de répondre.

– Et cependant vous cherchez à vous en excuser, dit le Suceur en souriant. Qui s'excuse, s'accuse, Monsieur. Tout à l'heure, au lieu d'être fier et glorieux de votre victoire, vous étiez aussi abattu, aussi humilié, que si vous veniez d'être vaincu. Je vais vous en expliquer la raison : c'est que, dans votre for intérieur, vous vous considérez comme ayant éprouvé une grande perte ; vous vous dîtes que vous avez sacrifié inutilement des centaines de vos semblables.

– De mes semblables ? Nullement ! » répondit le Rongeur avec emportement. Il allait en ajouter davantage ; mais il se tut tout à coup.

En ce moment devant eux défilait l'arrière-garde des pillards. Une grande rousse emportait une charge au-dessus de ses forces ; elle traînait après elle un cocon extrêmement volumineux. Trois petites peaux-noires se cramponnaient à la molle enveloppe du cocon, et retardaient d'autant la marche du pillard.

La vie des insectes

« Voulez-vous lâcher prise ! cria d'une voix impérieuse le Rongeur aux négrillonnes.

– Impossible, seigneur, répondirent les noires ; c'est un nourrisson royal… la future princesse et reine-mère des peaux-noires. À travers le cocon on la sent respirer et se débattre.

– Pour la dernière fois je vous somme de la laisser emporter, rugit le Rongeur irrité.

– Nous ne le pouvons, foi de fourmi !… nous sommes ses nourrices… »

Le Rongeur sans rien ajouter sauta à bas de sa monture. Un instant après les trois petites nourrices allaient rouler au loin en tournoyant comme des toupies. Mais, ô malheur ! leur princesse ne fut pas plus épargnée. Les nourrices s'étaient sans doute trop fortement cramponnées au cocon qui se déchira, et la petite fourmi s'en échappa, en se tordant et contractant ses membres.

Le Rongeur la ramassa avec précaution, et la déposa entre les bras de la rousse qui l'avait apportée encore enfermée dans son cocon.

« Emporte-la, mais prends bien soin de ne lui faire aucun mal.

– Pardon, général, dit alors le Suceur qui avait assisté silencieux à cette scène. Voulez-vous me dire ce que cette pauvrette va devenir ?

– Elle aura le même sort que les autres, répondit le Rongeur ; nous l'élèverons et puis après…

– Et puis après vous la condamnerez au travail ?

– Bien entendu !

– Une ouvrière de plus ou de moins ne fait pas grand-chose pour vous, tandis qu'ici, chez elle, elle deviendrait une mère-fourmi, pondrait des œufs par centaine de mille, d'où sortiraient autant de travailleuses noires…

– Qui, l'heure venue, pourraient grossir le nombre de nos esclaves, continua le Rongeur en souriant. Çà, c'est vrai ; et il vaudrait mieux avoir un peu plus tard cent mille ouvrières qu'une seule maintenant. Il y a là une différence notable. »

Il fit signe à la plus proche des trois peaux-noires.

« Viens donc ici, ma petite ; tu peux reprendre ta princesse. Est-ce que tu pourras la porter toute seule ?

– Oui, seigneur ; je vous remercie infiniment. »

Et courbée jusqu'à terre sous son fardeau vivant, elle disparut derrière la porte de la fourmilière.

Contes russes du XIXe siècle

Ses camarades voulurent le suivre, mais le Rongeur les arrêta.

« Où allez-vous ? moricaudes ? Revenez ici. »

Il les livra à deux de ses soldats roux, au pillard et à celui qui lui servait de monture.

« Emmenez-les avec les autres. »

Les captives se jetèrent aux pieds du vainqueur.

« Sois clément, notre bien cher maître, aie pitié de nous.

– Et oui. Qu'avez-vous besoin d'elles ? interrompit de nouveau le Suceur. Je comprends bien que vous puissiez transformer de jeunes nourrissons en des serviteurs obéissants. Mais des ennemis de cet âge le resteront toujours…

– Et pourront, le cas échéant, pousser à la révolte ceux qui sont soumis, ajouta le Rongeur. C'est juste. Eh bien ! mes mignonnes, remerciez le monsieur que voici, et reprenez votre liberté. Par le flanc droit, en avant ! Marche !...

Les captives ne se firent pas répéter le commandement et détalèrent à toutes jambes.

« Et vous, mes braves, vous pouvez rejoindre la colonne, dit le Rongeur à ses deux soldats. Vous direz que je vous suis. »

Les deux chefs restèrent seuls.

« Allons ! je voudrais causer un instant avec vous, dit le Rongeur à son nouvel ami. Nous considérons votre race brune comme l'égale de la nôtre. Mais dites-moi, je vous prie, comment pouvez-vous vous passer complètement d'esclaves ? Il est vrai que vous avez beaucoup moins de travaux que nous.

– Je ne le crois pas. Nous faisons nos provisions pour l'hiver, aussi bien que vous ; nous élevons nos enfants, et de plus nous avons certaines occupations que vous ne connaissez pas : la production du lait.

– Est-ce donc là une besogne si compliquée ?

– Voulez-vous vous en rendre compte ? D'ordinaire nous ne recevons pas d'étrangers chez nous. Mais nous ferons une exception en votre faveur, général. Quant à votre sécurité personnelle, je vous en réponds sur mon honneur de soldat. Venez-vous ? »

Il tendit affectueusement son antenne au Rongeur, et celui-ci la serra fraternellement.

« C'est avec plaisir, dit-il, que j'accepte votre aimable invitation. »

La vie des insectes

VI

UNE FOURMI-AMAZONE CHEZ LES FOURMIS-ÉLEVEUSES – D'ÉTONNEMENT EN ÉTONNEMENT – LA GOUTTELETTE TRAÎTRESSE

Le pays des fourmis éleveuses de bétail était situé au-delà de celui des peaux-noires. Après avoir traversé la clairière d'un bois, les deux chefs en suivirent la lisière.

Sur la route se· trouvait un magnifique rosier, tout couvert de fleurs épanouies.

« Voici une de nos pépinières, dit le Suceur. Voulez-vous attendre un instant ?... »

Il grimpa lestement sur le rosier. Le Rongeur le regardait faire avec curiosité. Le chef des éleveuses était déjà assis sur un bouton de rose et en détachait un puceron d'un beau vert-clair.

« Prenez garde, général ! »

Le Rongeur ne s'était pas plutôt jeté sur le côté, que le puceron tomba à ses pieds. Le Suceur sauta à son tour, avec l'adresse d'un gymnasiarque.

« J'espère que tu ne t'es pas fait mal, mon chéri ? » dit-il en se penchant avec sollicitude vers le puceron.

Celui-ci, une petite bête rondelette et potelée, restait couché sur le dos, tournait de côté et d'autre son petit museau en forme de trompe et agitait ses pattes en l'air.

« Qu'il est bête, ce petit animal ! observa le Suceur. Il ne comprend absolument rien. C'est une véritable vache ! Mais regardez, général, quelle superbe vache verte ! comme elle est rondelette et bien nourrie ! Et son lait vaut le jus du raisin !

– Vous en avez de diverses couleurs ? demanda le Rongeur étonné.

– Certainement. Vous les verrez au reste tout à l'heure. Mais je suis assuré que celui-ci donne un lait de qualité supérieure. Voulez-vous en goûter ? »

De ses antennes il chatouilla adroitement le puceron. Celui-ci laissa immédiatement suinter une gouttelette transparente.

« Après vous, dit poliment le Rongeur,

– Je vous en prie, répondit l'autre ; vous êtes ici mon hôte, tandis que moi je suis le maître. Après un si chaud combat vous devez avoir soif. »

Le Rongeur avala avec avidité la goutte savoureuse. Puis, en se pourléchant les antennes :

« C'est rafraîchissant, c'est excellent ! dit-il.

– Marchand d'oignon se connaît en ciboules, répondit le Suceur, tout content de lui-même. Choisir le bétail n'est pas une si mince besogne qu'on pourrait le croire. Ce n'est pas sans raison qu'on m'a donné le nom de Suceur et le surnom de Fine-Bouche.

– Vous allez laisser la vache ici ?

– Non, ce serait dommage. Elle peut servir encore. »

Il prit le puceron sous son bras, comme un paquet. La petite bête, sentant instinctivement qu'on ne lui ferait pas de mal, se serrait avec confiance contre la fourmi.

Les deux amis marchaient sans trop se presser. Comme ils approchaient de la fourmilière des éleveuses de bétail, ils furent dépassés par des congénères du Suceur, des fourmis brunes. L'une traînait un grain, l'autre un brin de paille ou une épine ; une autre encore portait, comme le Suceur, dans ses pattes ou entre ses mandibules, un puceron vivant. Reconnaissant

La vie des insectes

leur chef, elles le saluaient respectueusement, et continuaient ensuite leur chemin.

Mais bientôt apparut, à l'ombre d'un chêne séculaire, la coupole grandiose de la fourmilière des éleveuses. Devant la porte principale une foule de jeunes se livraient à des joutes guerrières. Debout sur leurs pattes de derrière, elles luttaient corps à corps, et s'administraient réciproquement des bourrades retentissantes.

« Vous avez donc aussi une armée ? demanda le Rongeur.

– Non, ce ne sont point de vrais soldats comme les vôtres, répondit le Suceur ; ce sont des miliciens, des volontaires. Nous ne faisons jamais d'incursions ; mais chacun doit concourir à la défense de la maison commune, C'est pour cela que la jeunesse s'exerce. »

Ils pénétrèrent dans la fourmilière. Les fourmis brunes qu'ils rencontraient

regardaient avec étonnement la fourmi rousse ; mais comme celle-ci était accompagnée de leur chef, le Suceur, elles se rangeaient tranquillement sur le côté.

« Les greniers ne vous intéresseraient probablement pas, dit le Suceur. C'est la même organisation que chez vous, et de plus ils ne sont pas encore remplis. Je ne vous montrerai pas non plus nos nourriceries, qui ne présentent qu'une seule différence avec les vôtres, c'est que nos bonnes ne sont pas étrangères ; ce sont des brunes, comme moi.

– Et ce corridor ? où conduit-il ? demanda le Rongeur.

– Dans les appartements de notre chère fourmi-

Contes russes du XIXe siècle

reine, répondit le Suceur à voix basse. À parler franchement, elle n'aime pas à être dérangée pendant la ponte, et de plus vous êtes un étranger…

– Pour rien au monde je ne commettrais cette indiscrétion, fit le Rongeur. Je serais seulement bien désireux de visiter votre laiterie.

– Eh bien ! veuillez me suivre. »

Devant eux s'ouvrait une vaste salle souterraine. Sur le plancher étaient disposés, en rangées régulières, d'innombrables grains microscopiques. Des fourmis brunes allaient et venaient entre ces rangées, tantôt époussetant ces grains, tantôt les léchant, tantôt les auscultant.

« Qu'est-ce que ces grains ? demanda le Rongeur. Serait-ce par hasard des œufs de fourmis ? Et pourquoi leur appliquer l'oreille ? »

Le Suceur sourit mystérieusement.

« Nous allons le voir dans un instant. Regardez. »

Une fourmi qui venait d'ausculter un grain, en déchira l'enveloppe, et il en sortit un beau petit puceron.

« Tiens ! dit le Rongeur, c'est un petit veau ! »

– Un veau, en effet. Nous l'élèverons aussi longtemps qu'il le faudra à l'étable, puis nous le laisserons sortir. Et maintenant allons voir comment on va le soigner. »

La fourmi qui faisait l'office de vachère prit avec précaution le nouveau-né et le porta au dehors ; les deux chefs la suivirent. Jusqu'à ce moment ils étaient restés plongés dans une profonde obscurité, et ce n'est que grâce à l'excellence de ses yeux que le Rongeur avait réussi à distinguer les objets autour de lui. Enfin un point lumineux apparut à l'autre extrémité de la galerie ; ils sortirent sur un emplacement découvert. Une faible clarté passait à travers une ouverture pratiquée dans la voûte de la fourmilière. Mais cette clarté était suffisante pour permettre de vivre et de se développer à de petites plantes qui couvraient le sol. C'était un pâturage souterrain.

La vachère déposa le nouveau-né dans cette herbe ; le petit veau se cramponna à une tige suçant comme une sangsue. Tout à l'entour les autres plantes étaient également couvertes de petits veaux.

« C'est admirable ! proclama le Rongeur.

– Certainement. Mais attendez la fin. La suite vaudra le commencement. »

Des couloirs souterrains serpentaient tantôt à gauche, tantôt à droite en contournant de puissantes racines.

« Sur ces racines paît en hiver, notre bétail ; c'est également ici qu'il est mis à couvert pendant la nuit, expliquait le Suceur. C'est notre étable, notre vacherie.

– Et maintenant où est votre bétail ?

– Dans les champs. »

La lumière apparut de nouveau dans le lointain. Cette fois c'était une vive clarté. La galerie montait tout droit et aboutissait enfin à la surface du sol. Un champ verdoyant s'étendait sous la lumière oblique du soleil couchant. Tout autour s'élevait une sorte de rempart, sans doute pour que le bétail ne pût s'enfuir ; sur les feuilles, les tiges et les racines de plantes succulentes, le bétail paissait ; c'étaient des pucerons de tous genres et de toutes couleurs : ronds, piriformes, plats, d'un vert clair et d'un vert foncé, bleus, roses, blancs, voire même tigrés.

Le Rongeur demeurait muet d'étonnement.

« Je pense que vous êtes maintenant convaincu que l'élevage du bétail n'est pas une besogne si simple, disait le Suceur. Approchez et voyez que d'espèces, toutes aussi bonnes les unes que les autres.

– Et chacune d'elles donne un lait différent ? demanda le Rongeur.

– Naturellement… Vous pouvez vous en assurer tout de suite.

– Non, je vous remercie… je n'ai pas appétit.

– Je vous en prie, mon ami, pas de façon. Préférez-vous traire vous-même, ou voulez-vous que je le fasse ?

– Je serais curieux de traire moi-même. »

Ils se trouvaient près d'un puceron rose. Le Rongeur le toucha légèrement du bout de son antenne et recueillit tout aussitôt un lait d'un rose-pâle.

« Il a goût de rose ! s'écria-t-il.

– Désirez-vous de l'ananas ? »

Le maître toucha une vache d'un vert-foncé qui laissa suinter une gouttelette verdâtre.

« On devine le goût rien qu'à l'odeur, observa le Rongeur.

– Mais buvez donc, je vous en prie. »

Il dut goûter aussi le lait à l'ananas.

« Voici maintenant notre vin de Champagne : une gouttelette de lait de pavot ! continuait le Suceur, en amenant le Rongeur vers un puceron tigré.

– Je n'en veux plus… je vous assure !

– Vous commencez à en avoir assez ? Allons ! une dernière goutte ! »

Il n'y avait rien à répondre. Pour ne pas offenser le maître de la maison, il

37

fallait bien obéir. Mais à peine le Rongeur eut-il goûté, qu'il rejeta sa tête en arrière, et fut sur le point de tomber en défaillance.

« Je ne sais ce que j'éprouve, bredouilla-t-il. Tout me semble tourner autour de moi. Et puis je me sens si gai, de si folâtre humeur. Il se semble que je n'hésiterais pas à battre les entrechats les plus extravagants.

– C'est le pavot qui vous monte à la tête, répondit en souriant le Suceur. Cela passera vite. N'est-ce pas un vrai nectar ? Tenez, voici nos enfants », ajouta-t-il.

Une foule de nourrices brunes couvrit le pré ; chacune d'elles portait sur le dos une toute petite fourmi. On groupait autour de la même vache plusieurs nourrissons qui buvaient avec avidité le lait préalablement trait par la nourrice.

« On leur donne à manger trois fois par jour : le matin, à midi et le soir, expliquait le Suceur. Et vous voyez comme ce régime leur réussit. Sont-ils frais et dodus ? ne pourriez-vous pas suivre notre exemple ?

– J'y pense justement… répondit sérieusement le Rongeur.

– Et puis, vous pourriez abolir l'esclavage.

– Ah ! çà, ce serait un peu plus difficile…

– Essayez tout de même.

– Peut-être, avec le temps… Mais je vous prie de m'excuser d'être resté si tard chez vous. Voyez, le soleil est déjà couché.

– Voulez-vous passer la nuit avec nous ?

– Oh ! non, merci, je vous ai déjà donné assez de peine. Ne puis-je sortir d'ici sans traverser encore une fois toute la fourmilière ?

– Mais si, parfaitement. »

Les deux chefs étaient déjà sur le rempart.

« Je n'oublierai jamais votre hospitalité, disait le Rongeur ; je vous prie de me faire le plaisir d'une visite. Vous aurez en moi le plus fidèle ami. Quoi qu'il arrive, je vous resterai dévoué jusqu'à la mort. »

Il serra pour la dernière fois son ami contre son cœur, et sauta ensuite de l'autre côté du rempart.

Le Rongeur ne rentra pas chez lui

ce soir-là. Était-ce la fatigue causée par l'expédition et les diverses émotions qu'il avait éprouvées pendant cette mémorable journée ? Était-ce la gouttelette traîtresse de lait de pavot qui avait engourdi sa vigueur habituelle ? Toujours est-il qu'à mi-chemin, il s'affaissa sur la mousse au bord de la route, et s'y endormit profondément.

La vie des insectes

VII

La reine-mère des fourmis rousses se reposait encore sur le versant de la fourmilière ; sa suite, toujours oisive, se prélassait autour d'elle et jouissait du beau soleil.

« Où est donc notre héros ? disait la vieille fourmi en s'abritant du soleil pour regarder au loin.

– Tenez, le voilà qui arrive, dit un personnage de la suite.

– Où donc ?

– Mais là-bas, près de ce champignon.

– En effet, c'est lui. Mais qu'a-t-il donc ? »

Il marche la tête basse, il agite ses antennes comme s'il se parlait à lui-même… Serait-il devenu fou ? Dieu l'en préserve… Non, voilà qu'il

Contes russes du XIXe siècle

salue la foule qui se presse autour de lui… Chacun quitte le travail pour faire ovation au vainqueur. Il dit un mot à tous ceux qu'il rencontre, et continue d'avancer, tandis qu'eux courent derrière lui et crient comme des fous. Que peuvent-ils bien avoir?

« À l'assemblée! à l'assemblée! entendit-on très distinctement au milieu du bruissement de la foule tumultueuse.

– À l'assemblée! répéta la vieille fourmi. Eh bien! soit! puisque le peuple le veut. »

La porte était déjà obstruée par la population noire qui arrivait en masse, si bien que la reine et sa suite rousse eurent beaucoup de peine à pénétrer dans la fourmilière. Lorsqu'elles arrivèrent à la salle réservée aux assemblées populaires, celle-ci, bien que très vaste, avait peine à contenir la foule. Au milieu, sur un petit caillou, se tenait notre héros, le Rongeur en personne.

« Chères concitoyennes rousses et noires! commença-t-il, dès que le bruit se fut un peu calmé, après le combat d'hier je ne suis pas rentré avec mon armée… Vous devinez certainement pourquoi. Notre expédition a été couronnée d'un succès complet. Mais pourquoi aurais-je reçu seul les hommages du peuple reconnaissant? Une bonne fourmi accomplit consciencieusement son devoir, et je dois l'affirmer ici, devant vous, tous les soldats du corps expéditionnaire, du premier jusqu'au dernier, ont fait preuve de bravoure et de vaillance. Pourquoi donc me rendriez-vous plus d'honneur qu'aux autres?

La vie des insectes

– Bravo! très bien! approuva la foule.

– Mais autre chose encore m'a retenu, continua le Rongeur. J'ai rencontré le chef des fourmis éleveuses qui a été assez aimable pour m'inviter à visiter sa cité. Je n'ai pas cru devoir refuser.

– Attention! Attention! entendit-on de tous côtés.

– Chères concitoyennes! Je vais vous parler avec la plus entière franchise. Bien que, dans le monde des fourmis, la race des éleveuses ne soit pas considérée comme inférieure à la nôtre, cependant chacune de nous se croit, dans son for intérieur, bien supérieure à toutes les autres. Les fourmis éleveuses n'ont en effet aucune idée de l'agriculture; mais, en revanche, leurs laiteries atteignent un degré de perfection comparable à celui de notre agriculture. Il faut vous l'avouer en toute sincérité: j'en ai éprouvé un sentiment de jalousie. Que font-elles donc de si extraordinaire, me demanderez-vous? Vous allez le comprendre. Il n'en est pas une de vous qui ne fut bien aise de se rafraîchir avec du bon lait; et si elle rencontrait une vache, sûrement elle ne laisserait pas échapper l'occasion. Or les fourmis éleveuses possèdent à la fois et du gros bétail, et des étables où elles se livrent à l'élève des veaux de toutes races et de toutes couleurs. Qu'importent toutes ces races? direz-vous. Ah! mes chères concitoyennes, il importe beaucoup, je vous le certifie. Avec la race et la couleur du bétail change aussi le goût du lait, et toutes ces variétés sont au reste délicieuses. Entre autres il y a une sorte de lait appelé rosée de pavot. Une seule goutte suffit à vous égayer; elle vous enivre et vous fait oublier tontes vos souffrances. Et ce n'est pas tout encore: leurs enfants ne se nourrissent que de lait chaud. Il faut voir comme ils sont gros et dodus! Quant aux maladies infantiles, elles sont inconnues chez elles. Voilà quels sont les avantages d'une laiterie modèle. Chères concitoyennes, il n'est jamais trop tard pour bien faire; toujours on apprend à tout âge. N'estimez-vous pas qu'il serait bon d'envoyer quelques-unes de nos jeunes en apprentissage chez les éleveuses? »

Le discours du jeune chef produisit un effet énorme.

Un vacarme épouvantable, comme celui d'une marmite en ébullition, remplit toute la salle. La reine s'efforçait en vain de rétablir l'ordre; la pauvre vieille était asthmatique; sa voix grêle ne put se faire entendre au milieu du tapage.

Cependant une peau noire, de petite taille, mais trapue et vigoureuse, se fraya un chemin à travers les premiers rangs.

« Je demande la parole ! » cria-t-elle.

Le Rongeur la souleva par les antennes et la mit sur son dos. Alors l'orateur, après avoir jeté un rapide coup d'œil sur l'assemblée, s'exprima en ces termes :

« Chères concitoyennes, nous venons toutes, noires et rousses, d'écouter avec la plus grande attention le très curieux récit que notre illustre chef nous a fait de son voyage au pays des éleveuses. Toutes nous avons accueilli avec intérêt son idée d'organiser chez nous aussi une laiterie. Mais – je ne crois pas me tromper en le disant – sa seconde proposition, celle d'envoyer quelques-unes des nôtres en apprentissage chez des éleveuses, n'a pas rencontré la même sympathie.

– Très bien ! Écoutez ! entendit-on de tous les côtés.

– Nous ne pouvons pas, nous fourmis agricoles, nous abaisser jusque là devant des bergères, devant des fourmis qui n'entendent absolument rien à l'agriculture. Et si, pour comble d'humiliation, elles nous renvoyaient honteusement ? Alors la guerre serait inévitable ! Dès lors ne vaut-il pas mieux commencer par là, par la guerre ? Enlevons leur bétail, et tout sera dit ! Que ceux qui sont pour la guerre lèvent leurs antennes ! »

Toute la salle leva ses antennes !

« Tout le monde est, je le vois, pour la guerre. Il ne nous reste donc plus qu'à choisir un chef. Or je pense que sur ce point également, il n'y aura pas davantage à discuter. Il en est un parmi nous qui est tout désigné d'avance : c'est notre glorieux héros, le Rongeur.

– Le Rongeur ! cria la foule avec allégresse.

– Chères concitoyennes, dit à son tour le Rongeur, je suis profondément touché… je ne trouve pas de mots pour vous exprimer convenablement toute ma gratitude. Mais, en prenant congé du chef des éleveuses, je lui ai juré une amitié éternelle. Et malgré le prix que j'attache à la confiance que vous me témoignez, je suis obligé de décliner cet honneur. »

Une rumeur menaçante courut dans la salle.

« Tu n'as pas le droit de refuser, s'écria avec emportement la fourmi noire assise sur les épaules du Rongeur. Tes relations personnelles avec celui-ci ou celui-là ne nous regardent pas. Du moment que le peuple t'a élu, tu dois obéir.

– Laissez passer la reine ! entendit-on ; la reine veut parler ! »

La foule se rangea. Quelques bras obligeants soulevèrent la vieille fourmi, et la placèrent sur le petit caillou, à côté du Rongeur. Elle regarda celui-ci avec compassion, l'embrassa de ses antennes, puis s'adressa au peuple.

« Mes chers enfants roux et noirs ! Le Rongeur accepte votre choix et mettra toute son intelligence à vous assurer une victoire complète avec le minimum de pertes possible. Après le coucher du soleil, il se mettra en campagne avec toute notre armée. En attendant j'accorde un repos général et une ration double à chacun de vous. »

L'air retentit de cris d'allégresse.

« Bravo, notre mère, la fourmi-reine ! »

Et tous les trois, la vieille fourmi, le Rongeur et l'orateur noir, furent portés en triomphe, par le peuple en liesse.

VIII

Vers minuit l'armée rousse avait déjà franchi la frontière du pays des éleveuses. Là le généralissime s'arrêta devant le front de ses troupes, et exposa ainsi son plan de campagne.

« Vous avez entendu, mes braves, ce que nous a recommandé notre reine : remportez la victoire avec le moins possible de pertes. Par conséquent nous ne pouvons donner l'assaut. Nous organiserons un siège en règle, et forcerons les éleveuses à nous céder de bonne volonté la moitié de leurs vaches. Et pour que le blocus produise tout ses effets, nous creuserons une tranchée autour de leur cité. »

Le projet fut aussitôt mis à exécution. La nature semblait elle-même favoriser les assiégeants ; la nuit était sombre ; on ne distinguait rien à deux pas. L'armée rousse s'approcha de la fourmilière ennemie et commença son travail sans être aperçue.

À la pointe du jour les éleveuses, qui ne s'attendaient à rien, purent contempler avec stupéfaction un spectacle imprévu : toute leur fourmilière était entourée d'une tranchée profonde, et au-delà apparaissait une menaçante rangée d'antennes rousses.

« Aux armes ! »

Ce cri de guerre retentit dans la fourmilière. Toute la population valide se porta à la porte principale et aux remparts pour arrêter l'ennemi.

Mais, au grand étonnement des éleveuses, les fourmis agricoles ne sortirent pas de leurs tranchées. Une seule fourmi rousse se porta en avant, tenant en l'air une branche verte, et se dirigea hardiment vers la fourmilière.

« Un parlementaire ! »

La vie des insectes

Le chef des assiégés, le Suceur, sortit à sa rencontre avec une branche pareille.

« Comment ! c'est vous, général ! s'écria-t-il, étonné de reconnaître son ami.

– Comme vous le voyez, répondit le Rongeur. Mais je suis maintenant commandant en chef, généralissime.

– Je ne vous en félicite pas, dit le Suceur avec un sourire de mépris. C'est ainsi que vous venez reconnaître notre hospitalité ?

– Personnellement je n'ai absolument rien contre votre peuple ; et à votre égard en particulier, monsieur le Suceur, je n'ai que les plus dévoués et les plus affectueux sentiments, répondit le Rongeur.

– Allons donc !...

– Je vous certifie…

– Vous me croyez donc bien naïf ? En tout cas elle est étrange, votre amitié. Gardez-la pour vous, et répondez simplement à ma question. Pourquoi êtes-vous ici ?

– Soit ! dit le Rongeur en soupirant Ne parlons qu'affaires. Ravi de votre incomparable laiterie, j'ai eu l'imprudence de ·proposer à mon peuple de suivre votre exemple. Malheureusement mon peuple a un caractère belliqueux ; et, malgré mon opposition, il a décidé de prendre de force votre bétail, il m'a élu généralissime. Pouvais-je refuser ?... Mais comme je ne tiens nullement à verser le sang des vôtres, je viens vous proposer un arrangement. Cédez-nous sans combat la moitié de votre bétail, et nous nous en irons aussi tranquillement que nous sommes venus.

– Pas une seule tête ! répliqua catégoriquement le Suceur.

– Réfléchissez, insista le Rongeur. Vous aurez toujours l'autre moitié de votre bétail. Avec l'expérience que vous avez de l'élevage, vous doublerez votre troupeau en moins d'une année…

– Pas une seule ! répéta le Suceur avec fermeté. Nous avons mis des centaines d'années pour perfectionner ces rares espèces ; et vous qui n'avez jamais fait œuvre de vos dix doigts, vous voudriez nous ravir comme cela le fruit de nos travaux !

– Mais vous oubliez que vous êtes à la merci de mon armée, objecta le Rongeur. Nous sommes une race aguerrie, vous ne romprez pas nos lignes.

– Attaquez, si vous le voulez, nous saurons nous défendre.

– Non, nous ne vous attaquerons pas, nous vous réduirons par la famine.

45

– Oh ! nous avons des vivres !

– Vous me permettrez de ne pas vous croire. Vous m'avez dit vous-même, il y a deux jours, que vos magasins étaient vides.

– Les magasins, oui. Mais nous avons un troupeau de vaches magnifiques, qui est capable de nous nourrir toute une année.

– Alors vous ne voulez pas vous rendre de bonne volonté ? demanda le Rongeur.

– Non, mille fois non !

– Nous vous y forcerons.

– Et comment donc !

– Vous le verrez. »

Les deux chefs se saluèrent froidement et se séparèrent.

Rentré dans ses lignes, le Rongeur convoqua dans la tranchée un conseil de guerre.

« Eh bien ! dit-il, on ne veut pas se rendre ! on s'en repentira bientôt ! les fous ! mais avant d'avoir recours aux moyens extrêmes, à la force brutale, je veux essayer encore d'une petite ruse. Comme l'entreprise est périlleuse, je l'accomplirai seul. À minuit je partirai. Si je ne suis pas rentré à la pointe du jour, c'est que mon projet n'aura pas réussi, et que je serai mort. Alors vous pourrez choisir parmi vous un autre chef qui élaborera un nouveau plan de campagne. »

À minuit en effet le Rongeur disparut. Où était-il passé ? Personne ne le savait.

Une demi-heure avant la pointe du jour un grand tumulte se produisit sur les remparts de l'ennemi. Au même instant le Rongeur en personne roula dans la tranchée des rousses.

À la lueur encore douteuse de l'aube les soldats roux s'aperçurent avec terreur que leur généralissime était grièvement blessé. Une de ses pattes de derrière était complètement arrachée; son corps était entamé par places et rongé par la morsure de l'acide formique.

« De la rosée », balbutia-t-il.

On lui donna de la rosée. Ses plaies furent lavées et recouvertes d'herbe fraîche.

Des lamentations et des cris plaintifs partirent tout à coup du camp ennemi.

« À la bonne heure ! ils s'en sont aperçus tout de même ! dit le Rongeur avec un sourire.

– Quel coup leur avez-vous donc porté, général ? demandèrent les rousses qui l'entouraient.

– J'ai rongé toute l'herbe du pâturage. Maintenant ils n'ont plus de quoi nourrir leur bétail, et ils seront forcés de se rendre, qu'ils le veuillent ou non.

– Et comment y êtes-vous parvenu ?

– J'ai sauté tout simplement de cet arbre-là dans leur enceinte. Seulement il m'a fallu revenir sur mes jambes, et, ma foi, ils m'ont fait payer un peu cher ce que je venais de prendre. Je suis fatigué, mes amis, laissez-moi dormir une petite heure. »

Il se couvrit d'une feuille et s'endormit aussitôt d'un profond sommeil. Au lever du soleil le Suceur, portant une branche verte, apparut sur le rempart ennemi. Le Rongeur, redevenu dispos grâce au sommeil, et alerte comme toujours, s'avança vers la ligne de démarcation entre les deux camps, où l'attendait déjà le Suceur.

« Salut, Monsieur !

– Bonjour !

– Vous rendez-vous ?

47

– Sous certaines conditions, répondit le Suceur. Il est évident qu'en fauchant le pâturage, vous nous avez porté une grave atteinte. Mais pendant l'hiver nous gardons notre bétail à l'étable, dans la vacherie, ce qui fait que nous pourrions peut-être quand même le nourrir tant bien que mal. Cependant comme le manque de fourrage frais pourrait occasionner une épizootie, nous sommes décidés à vous céder la moitié de notre bétail…

– Et nous lèverons immédiatement le siège, interrompit le Rongeur.

– Attendez, laissez-moi finir. Nous sommes, aussi bien que vous, de nobles fourmis. Vous cédez sans combat une moitié de notre bien serait nous déshonorer pour toujours. Un combat est donc nécessaire. Mais nous ne sommes pas gens sanguinaires ; la question peut se résoudre par un simple duel entre nous deux. Si vous en sortez vainqueur, prenez sans façon la moitié de notre bétail ; dans le cas contraire, vous vous en irez comme vous êtes venus.

– Ce serait donc un combat à mort !

– Naturellement. Vous acceptez ?

– Non, je ne consens pas.

– Alors, vous avez peur ? »

Au lieu de répondre le Rongeur lui montra la partie de son corps où la sixième patte manquait.

« C'est ce matin que vous avez été blessé ? demanda le Suceur avec une certaine compassion.

– C'est le prix de votre pâturage ! dit plaisamment le Rongeur ; l'un vaut l'autre apparemment. En tout cas il m'en reste encore cinq qui me suffiront pour le reste de ma vie.

– Mais alors, pourquoi refusez-vous de vous battre avec moi ?

– Parce que, comme vous le dites vous-même, le combat serait à mort. D'une part, me laisser tuer, ce serait trahir les miens ; d'autre part, je ne veux pas non plus vous tuer.

– Pourquoi cette magnanimité ?

– Ce n'est pas de la magnanimité, c'est de l'amitié. Ne vous ai-je pas juré une amitié éternelle ? Je n'attenterai jamais à votre vie. »

Le Suceur était sur le point de tendre son antenne à son singulier ami, mais il s'en abstint.

« Comme vous voudrez, dit-il froidement. Nous ne pouvons nous rendre à d'autres conditions.

– Nous· attendrons, nous ne sommes pas pressés. »

Si le Rongeur était disposé à attendre, sa belliqueuse armée ne partageait pas ses sentiments pacifiques. Le siège dura un jour, deux jours, trois jours, et les assiégés ne se rendaient toujours pas. Au contraire, ils faisaient chaque jour quelque sortie audacieuse. Naturellement ils n'arrivaient pas à chasser les rousses embusquées dans leurs tranchées ; ils se retiraient avec pertes ; mais ces sorties surexcitaient à l'extrême les instincts batailleurs des rousses. Des rumeurs de mécontentement arrivaient jusqu'à l'oreille du généralissime. Aujourd'hui l'armée lui obéissait encore ; mais demain elle engagerait peut-être la bataille sans en demander la permission. Il ne restait donc plus qu'à en venir au moyen suprême.

À la nuit tombante les meilleurs terrassiers parmi les soldats roux furent réunis pour un travail secret. Ils devaient creuser pendant l'obscurité une brèche dans la fourmilière ennemie.

D'après les calculs du Rongeur, la brèche devait aboutir tout droit dans la vacherie, de sorte qu'en y pénétrant à l'improviste il serait possible d'enlever une bonne moitié du bétail sans verser trop de sang.

La vie des insectes

Tel était le plan du Rongeur; mais il comptait sans l'esprit belliqueux de son armée. Le lendemain matin la brèche était en effet ouverte; en un instant les terrassiers se transformèrent en guerriers et firent irruption dans la vacherie. Ce fut pour toute

l'armée le signal de l'attaque générale.

En quelques minutes la porte d'entrée et le rempart de la cité sont forcés; les assaillants roux pénètrent de vive force dans la fourmilière, tandis que les fourmis brunes, repoussant mollement l'attaque, cherchent un refuge dans les parties les plus reculées de leur domaine.

Les forces principales des pauvres éleveuses s'étaient repliées vers la vacherie. Refoulées par les rousses, elles y arrivaient en masse; la poussée devint à la fin si forte que les terrassiers roux, qui avaient pénétré dans la vacherie par la brèche, ne purent plus se maintenir. Ils furent repoussés et rejetés à l'extérieur. La brèche fatale devint alors pour les éleveuses une porte de salut par laquelle toute la population de la fourmilière s'élança au dehors. Mais en abandonnant leur ville au pillage, les éleveuses n'oublièrent pas leurs vaches à lait. Chacune d'elles en emportait une.

« Tuez-les, reprenez les vaches! criait hors de lui le Rongeur, qui avait été repoussé de la brèche en même temps que ses terrassiers.

– Garde à toi! brigand! défends-toi », fit derrière lui une voix tonnante.

En même temps le Suceur bondit jusqu'à lui. Le Rongeur ne chercha point à se défendre. Du premier coup il fut rompu en deux tronçons par son ancien ami. Le buste du héros, sa tête et ses pattes de devant détachées du reste du corps, roulèrent en se tordant sur le sol.

49

« Pourquoi ne vous êtes-vous pas défendu, général ? sanglotait le Suceur au désespoir.

– Parce que j'ai voulu rester fidèle à ma parole, balbutia le moribond. Ma cause et mon idée sont perdues... Je n'ai plus longtemps à vivre. Mais vous, sauvez-vous, si vous le pouvez encore. »

Et d'un dernier effort il s'enfonça dans une fissure du sol.

Le Suceur suivit son conseil et parvint en effet à échapper à la mort. Les soldats roux, accourus au secours de leur grand chef, regardaient autour d'eux tout stupéfiés : le héros avait disparu sans laisser de traces !

Des années se sont écoulées depuis cette mémorable journée. Chassées de chez elles, les fourmis éleveuses sont allées construire en un autre lieu une nouvelle fourmilière. Elles y ont installé une vacherie, et chez elles l'élevage du bétail est aujourd'hui plus prospère et plus florissant que jamais.

Chez les fourmis agricoles, rien non plus n'est changé. Elles dirigent les mêmes cultures exemplaires ; elles ont conservé le même caractère belliqueux, et toujours aussi maintenu l'esclavage des noires. Le Rongeur avait raison : sa cause et son idée sont perdues sans espoir. Le bétail, que son armée avait enlevé, creva au bout de quelques jours, parce que les rousses et leurs esclaves noires ne surent pas le soigner.

Mais le souvenir du Rongeur, du glorieux Héros des fourmis, ne s'est pas encore effacé de la mémoire de son peuple. Sur ses exploits circulent maints récits. Comme il convient à un véritable héros, il ne serait nullement mort de sa belle mort ; à la prise de la fourmilière des brunes, le Rongeur, héros immortel, aurait subitement disparu dans un rayon de soleil sans laisser de dépouille terrestre ! C'est du moins ce qu'affirme la légende des fourmis-rousses...

Fedor
Skvortsov

*Les aventures extraordinaires
d'une fourmi*

I

Un jour, en chassant, je m'acharnai tellement après mon gibier que je m'égarai tout à fait dans cette forêt sombre, épaisse, à peine praticable ; elle n'avait plus de bornes, me semblait-il. Les rayons de lumière pénétraient à peine à travers les branches des arbres, inclinées vers le sol et entrelacées de plantes grimpantes. Je marchai toujours en avant, espérant de pouvoir enfin sortir du bois, près de la rivière ; mais le hallier à chaque pas était plus épais, plus obscur, plus austère. La peur m'envahit. Enfin, je vis la forêt s'éclaircir au loin : je courus de ce côté et me trouvai bientôt dans une clairière verdoyante et toute baignée de soleil. Arrivé au milieu, je regardai autour de moi : de ma vie je ne pourrai oublier la scène qui se présenta alors à mes yeux.

Au bout de la clairière s'élevait une grande fourmilière auprès de laquelle une fillette se tenait assise.

Elle était entièrement couverte de fourmis : sa robe, ses mains, son cou et même toute sa figure. Je m'élançai vers elle, croyant qu'elle allait être tuée par ces bestioles. Mais en voyant son regard plein de bonté et le sourire de ses lèvres, je m'arrêtai stupéfait. Les fourmis se promenaient paisiblement sur toute sa personne et mangeaient dans ses mains du miel qu'elle leur offrait. À mon approche, la fillette se leva ; et instantanément toutes les fourmis tombèrent sur le sol et se dirigèrent vers leur demeure.

J'accostai la fillette en lui disant :

« J'avais bien peur pour vous, mon enfant, je croyais que les fourmis allaient vous faire mourir.

– Oh non ! Jamais elles ne voudraient me faire du mal : je leur apporte à manger et nous sommes bons amis. Si vous vous étiez approché de moi et que vous eussiez voulu toucher à ma personne, elles se seraient jetées sur vous pour me défendre et vous auraient mordu terriblement.

– Mais de quelle manière vous trouvez-vous ici, dans cette formidable forêt où je cherche en vain une issue !

– La forêt finit non loin d'ici ; là, il y a une rivière et nous avons notre maison à côté. Laissez-moi vous conduire hors de ce hallier.... À propos, je suis tout heureuse de vous avoir rencontré. Car depuis longtemps déjà j'attendais l'occasion de pouvoir montrer à quelqu'un une histoire très intéressante : c'est le journal d'une fourmi.

– Le journal d'une fourmi ?

– Oui, c'est un journal que j'ai écrit d'après ce que m'a conté une fourmi qui est une de mes meilleures amies !

– Ce doit être une bien intéressante histoire !

– Oh, oui ; mon amie m'a fait le récit de toute sa vie, si originale et si merveilleuse ; comme je connais les mœurs des fourmis, je crois volontiers que tout ce qu'elle m'a conté est absolument véridique. Prenez donc mon manuscrit et si vous trouvez qu'il le mérite, donnez-le à lire aussi aux autres. Je suis impatiente de faire connaître à tout le monde la vie et les aventures de ma petite amie. Cependant il faut partir, l'heure est déjà avancée. Je veux vous conduire et vous mettre sur votre chemin. Vous devez avoir faim ? Vous trouverez chez nous de quoi manger. »

La vie des insectes

Tout en bavardant avec ma petite guide et en admirant son intelligence, son esprit d'observation, je ne m'aperçus pas comment nous sortîmes de la forêt : tout à coup nous nous trouvâmes devant la chaumière qu'habitait la fillette.

Après avoir pris un moment de repos et reçu le manuscrit de ma petite connaissance, je remerciai mes hôtes de leur hospitalité et je m'en retournai chez moi.

Après avoir feuilleté l'intéressant journal, je reconnus que tout ce qu'il contenait sur la vie des fourmis était très juste, et en tout point conforme à ce qu'en disent les naturalistes russes, français et allemands ; seulement je ne m'explique pas comment une fourmi est arrivée à apprendre à ma petite amie toute son histoire et celle de sa cité. Serait-ce grâce au mouvement des antennes de l'insecte que la fillette pouvait lire dans sa pensée ? C'est ce qui est resté une énigme pour moi. Tout ce que je peux dire, c'est que c'était une admirable enfant, d'une bonté extraordinaire et d'un esprit remarquable, et dont j'espère pouvoir vous entretenir encore un jour, en profitant de mes moments de loisir.

II

Mon enfance - Je deviens une larve -
Je possède une maison à moi - Je suis libérée

Mes souvenirs remontent à ma plus tendre enfance. J'étais un être tout petit et sans appui. Je n'avais ni pattes, ni mandibules tranchantes, ni yeux, ni antennes. Je n'avais qu'une bouche adaptée à mon corps transparent. Tout ce que je savais faire, c'était de manger. Nous étions nombreux. Des nourrices nous procuraient les aliments et nous donnaient à manger. Elles nous gardaient, nous soignaient, nous faisaient des frictions sur la peau, nous sortaient au dehors pour nous permettre de nous chauffer au soleil. Dès que l'astre était monté haut dans le ciel, les ouvrières occupées à l'extérieur venaient l'annoncer à nos nourrices et les avertir qu'elles pouvaient nous sortir.

Et nous voilà en promenade à travers tous les étages de notre habitation, à travers

toutes les rues de la cité, jusqu'au sommet de la fourmilière. Alors, c'était une véritable fête pour nous ! On restait là, étendu sous l'action bienfaisante de la chaleur, et chaque jour on sentait ses forces augmenter. Des bonnes veillaient sur nous, faisant la ronde tout autour et lorsque l'une de nous tombait, aussitôt elles accouraient pour transporter l'imprudente à la maison. Cependant on ne nous laissait pas nous dorloter longtemps au soleil, de crainte que des brigands ne vinssent nous enlever, et aussi parce que tout le monde avait de la besogne. Et de nouveau on nous faisait suivre le même itinéraire pour nous ramener à la maison ; seulement on nous plaçait dans d'autres chambres où la température était plus fraîche : ainsi grandîmes-nous…

La vie des insectes

Enfin je sentis que tous mes organes allaient se trouver formés complètement, et je commençai la construction d'une toute petite maisonnette pour moi seule, afin de n'avoir aucun témoin de ma merveilleuse

métamorphose. Personne ne m'en avait parlé, je l'avais deviné moi-même, je ne sais plus comment. Donc, je construisis ma maisonnette en me servant d'un tissu très solide, fait d'une matière grise ; et je m'enfermai hermétiquement dans l'intérieur : aussi n'y avait-il ni porte, ni fenêtres[1]. Il va sans dire que je n'ai rien mangé tant que j'y suis restée, et que ma coquille me tenait isolée de tout le monde.

Au bout de vingt jours, j'eus le sentiment que j'allais commencer bientôt une vie indépendante. J'étais plongée dans une obscurité complète, et l'air me manquait absolument pour respirer. Je m'efforçai de rompre les liens qui me tenaient emprisonnée ainsi, mais j'étais trop faible encore pour y arriver. J'étouffais !...

Enfin, je fis un effort suprême ; je m'élançai en avant en étendant toutes mes pattes ensemble, et alors, pour la première fois, un son frappa mon ouïe. Quelqu'un fit une déchirure sur mon enveloppe à son extérieur. Encore un effort les parois cédèrent et à travers la fente j'aperçus ma bonne à côté de moi.

« Attends, attends un peu, ma petite, il ne faut pas te dépêcher tant, tu pourrais te faire du mal à la patte. Laisse-moi déplier ton maillot... »

Elle donnait ce nom aux débris de mon enveloppe qui entouraient encore mon corps.

---

1. C'est à tort que l'on donne à ces cocons de fourmis le nom d'œufs.

Contes russes du XIXᵉ siècle

« Maintenant, tu peux sortir. Je vais t'aider un peu. »

Je fis un nouvel effort et toute seule je m'affranchis de mes langes en faisant un bond en avant. Et aussitôt ma bonne se mit à caresser mon petit corps frêle, à le nettoyer, à redresser mes pattes, si faibles encore.

J'avais tous mes organes entièrement formés, grâce à mes antennes je pouvais entrer en conversation avec mes sœurs ; mes palpes me permettaient de distinguer les différents objets et aussi de percevoir certaines odeurs. Mais ce qu'il y avait de plus important, c'est que j'étais munie de mandibules. Désormais j'avais la facilité de mordre, de scier, de trancher ; elles me servaient aussi pour transporter les objets, pour creuser ou frotter ; bref, elles me remplaçaient les mains, j'étais à même de pouvoir travailler. En même temps, j'acquis les sens de l'ouïe et de la vue, quoique cette dernière ne fût pas très développée.

Je devins donc une fourmi adulte. Cependant j'étais si faible encore que je ne pouvais bouger ; je restais couchée à regarder ce qui se passait autour de moi…

Toute la grande place était occupée par de jeunes fourmis qui étaient très nombreuses et auprès desquelles s'empressaient des bonnes courant de l'une à l'autre. C'est qu'elles avaient à faire, nos bonnes ! Tantôt il fallait déchirer le maillot de celle-ci, aider celle-là à sortir de ses langes, tantôt redresser les membres de cette autre, sans jamais rester en retard, afin qu'aucune de nous ne pérît.

Un cocon se trouvait tout près de moi ; j'entendis la bonne qui procédait à la déchirure de son enveloppe s'écrier :

« En voilà, une brave fourmi, elle a l'air d'un véritable hercule ! Il n'y a pas moyen de la soulever… Eh bien, veux-tu donc sortir, pour te faire admirer de tout le monde ! »

L'enveloppe craqua et enfin la fourmi en sortit. Elle était presque deux fois plus grande que moi.

Il s'était écoulé pas mal de temps depuis ; cependant nous étions toujours encore couchées et surveillées par nos bonnes. À la longue, je m'ennuyai de garder la même position et quoique je ne pusse encore me tenir ferme sur mes pattes, je me hasardai à marcher sans savoir où je voulais aller. Ce qu'apercevant, ma bonne me saisit bien vite avec ses mandibules et me recoucha.

Je ne m'en tins pas là ; un moment après, je recommençai une tentative. Mais la sévère bonne ne me quittait plus des yeux ; j'avais beau me débattre et insister, elle eut raison de moi, bien que je fusse plus grande de taille qu'elle-même.

« Attends, attends, petite étourdie, où veux-tu courir ? Tu n'as pas seulement la force de te tenir sur tes pattes et déjà tu songes à faire des promenades ! Laisse donc à ton corps le temps de se sécher, de se fortifier quelque peu ; je te conduirai, alors, moi-même à travers la cité ; en attendant, tu n'as qu'à te tenir tranquillement couchée. Regarde un peu ta voisine 'l'Antenne Rouge' ; elle se conduit très bien : elle reste couchée à sa place et ne fait pas de sottise. On dirait un philosophe ! »

Et la bonne s'approcha d'elle pour lui donner du lait. Je compris qu'il fallait lui obéir ; je restai coite et je tâchai de redresser petit à petit mes membres. La bonne vint me faire boire d'un lait verdâtre, et je m'endormis d'un doux sommeil.

59

III

Les travaux dans la cité - Les balayeurs - Les pucerons odoriférants - Je suis en visite chez ma mère - Nos jeux

Plusieurs jours s'écoulèrent. Je me sentais assez forte déjà et, voyant mes sœurs passer toutes leurs journées au travail, j'eus envie de me mettre aussi à une besogne quelconque. J'avais faim, et, ne voulant pas déranger notre bonne, je m'en allai moi-même à la recherche d'une pitance. Mais cette surveillante zélée, ayant deviné ma pensée, vint m'offrir de sa bouche un jus sucré. Je m'en rassasiai avec délice ; en même temps je sentais mes forces augmenter avec chaque goutte du nectar que je savourais.

« Là ! tu en as assez. Laisse-moi, à présent, redresser tes pattes, te frotter un peu le dos… Maintenant tu peux aller te promener, mais tu ne dois pas sortir de la salle des enfants.

En essayant d'étendre mes pattes l'une après l'autre, je me sentis assez de force pour marcher, et je me mis à errer dans cette vaste pièce, d'un bout à l'autre. C'était une grande place où tous les nouveau-nés étaient réunis et couchés dans un ordre parfait. Les nourrices étaient très occupées à leur donner à manger. Elles s'inquiétaient, couraient d'une jeune fourmi à l'autre. Profitant d'un moment favorable, je m'échappai de cette place et m'élançai dans les rues de la cité natale.

J'étais très frappée de ce que j'y voyais, car je ne m'attendais guère à ce que notre cité fût si grande. Elle était construite en grosses solives, en poutres de bois, en feuilles de pin et d'autres plantes. Ses rues étaient très nombreuses et elle se divisait en trois parties : la cité supérieure, la cité intermédiaire et

La vie des insectes

la cité inférieure, laquelle se prolongeait même sous la terre.

Passant d'une rue dans une autre, je rencontrai de grandes places occupées tantôt par des nymphes, tantôt par des larves ou des œufs. Sur d'autres étaient

entassées des provisions pour l'hiver. Dans cette énorme cité, l'activité était très grande. Des milliers de nourrices allaient et venaient en quête de nourriture pour les nouveau-nés. Des milliers de bonnes étaient occupées à transporter les larves d'une place à l'autre, et à les classer d'après leur âge, absolument comme on le ferait dans une école, en mettant chacune dans sa classe. Des milliers d'ouvrières étaient encore chargées de faire des provisions pour l'hiver.

Je regardai tout cela avec beaucoup de curiosité. Voici une bonne qui porte un très gros cocon. Je la croise dans un passage ; elle ne m'aperçoit pas et me bouscule si fort que je tombe.

« Voyons ! Qu'est-ce que tu viens flâner par ici ? J'ai manqué de tuer l'enfant à cause de toi ! Ma foi, on ne sait pas trop pourquoi on vous laisse sortir, vous autres ! Vous feriez bien mieux de rester chez vous tant que vous n'êtes pas encore en état de travailler. »

Je courus vers la bonne pour l'aider à remettre le cocon sur son dos.

« Allons donc ! De quoi viens-tu encore te mêler là ? Tu ferais du mal à l'enfant. Va donc garder ta chambre ; comment saurais-tu travailler, toi qui as encore ton corps tout à fait mou ? Il faut que tu prennes des forces avant de te mettre à l'œuvre… Vois-tu cette nourrice qui passe, va la rejoindre ; elle te donnera à manger et te portera dans la salle des enfants. »

Je courus à sa rencontre, car j'avais une faim atroce, et, par des mouvements de mes antennes, je lui fis comprendre que je voulais du miel.

« Ce n'est pas pour toi, étourdie, que je l'apporte !... Ah, bah ! dégustes-en, si tu veux, mais dépêche-toi de rentrer ; tu pourrais recevoir ici un coup et rester estropiée pour toute ta vie.

– Laisse-moi, ma chère, descendre seulement dans la cité inférieure, afin que je puisse voir un peu mes parents. »

Et vite, je me mis à courir pour échapper à la nourrice et ne pas me laisser reconduire dans la salle des enfants.

Je voyais à tout moment venir à ma rencontre des êtres étranges. Les prenant pour des ennemis, j'eus d'abord l'idée de me jeter sur eux, mais voyant que mes sœurs aînées n'y faisaient pas la moindre attention ; je les laissai tranquilles. J'ai appris plus tard que c'étaient les balayeurs de nos rues. Ils effectuaient pour nous tous les travaux de voirie, et entretenaient la propreté dans notre cité.

L'atmosphère, dans certaines rues, était imprégnée d'un parfum exquis. Je le respirais avec délice ; en me penchant, je pus constater qu'il était exhalé par des pucerons. Ces petites bêtes se nourrissaient de différents résidus qu'elles trouvaient chez nous. Arrivées dans notre cité, elles s'y étaient plues et s'y étaient établies tout à fait. Nous ne les inquiétâmes pas ; au contraire, nous leur accordâmes une large hospitalité ; nous aimions beaucoup l'arôme qu'elles répandaient dans nos rues.

Je descendis donc dans la cité inférieure. Après avoir longé une de ses rues, je voulais tourner pour me rendre sur une place, lorsque devant moi surgit un hanneton. C'en était bien un ! Je fus prise de peur, croyant que j'allais périr. Car mon corps était encore très frêle, tandis que le hanneton a beaucoup de force. J'eus le cœur gros, je m'attendais à une attaque de sa part ; mais, en le voyant cheminer paisiblement, je me mis à l'écart derrière une colonne en lui laissant le passage libre.

Là je fus saisie par les bonnes qui me traînèrent en haut. Je me débattais de toutes mes forces et je réussis enfin à m'échapper de leurs mandibules ; je me précipitai en bas.

« Est-elle forte, notre Étourdie ! Cours, ma belle ! Ce ne sera pas pour longtemps, on te repincera bien ! »

Enfin je pus voir mes parents. Je ne les reconnus pas tout d'abord. Chose étonnante, mon père avait des ailes ! J'en étais toute jalouse, j'eusse tant désiré d'en avoir aussi, de voltiger dans l'air comme lui ! Il est vrai qu'il ne possédait pas des mandibules aussi aiguës que les miennes.

La vie des insectes

Je terminai ma course en entrant dans le sanctuaire où étaient réunies nos mères. Je me trouvai déjà sous terre. Sur la grande place grouillait la foule, tout le monde était affairé, avait l'air soucieux. Dans différents endroits, les reines-mères faisaient la ponte. Aussi étaient-elles entourées d'une garde. On ne me laissa pas avancer. Chacune de ces reines-mères pondait un millier d'œufs par heure. Des bonnes se tenaient derrière ; elles étaient là pour ramasser les œufs et les mettre ensuite en tas

Je n'aurais su reconnaître ma mère sans l'aide d'une bonne ; je ne l'avais jamais vue auparavant. Sa bonne elle-même avait de la peine à la découvrir, à côté de cette quantité énorme d'œufs.

Tout à coup, une des reines-mères, en m'apercevant, agite rapidement ses antennes.

« Qu'est-ce que c'est ? fit-elle comprendre. Comment se fait-il que la nouvelle née, l'Étourdie, se trouve ici ? Bonnes ! c'est ainsi que vous surveillez les enfants ? Vous les laissez courir par la cité, sans y faire la moindre attention ! Quelle négligence ! Un accident est si vite arrivé !... Allez de suite reconduire l'Étourdie dans la salle des enfants. Vous recommanderez à la vieille bonne de surveiller rigoureusement les bébés !

– Chère mère ! Vous n'avez pas à vous inquiéter et à vous émouvoir tant à ce sujet. D'ailleurs, cela pourrait vous faire du mal. Je m'en irai toute seule ; je suis déjà grande, dès demain je me mettrai au travail.

– En voilà une ouvrière ! Sauve-toi, retourne dans ta chambre…

– Au revoir, chère mère, je vous souhaite d'achever heureusement votre ponte et de produire une aussi grande quantité d'œufs que possible. »

Et je lui fis ma révérence avec la grâce d'une grande jeune fille.

Je montai rapidement. Je commençai à souffrir de la faim. Presque sur le seuil de la salle des enfants, je rencontrai mon amie Hercule.

Furtivement, elle prenait le chemin de la cité supérieure.

64 « Hercule, où vas-tu ?

– Ah, c'est toi, l'Étourdie ! Eh bien, d'où arrives-tu ? Nos bonnes te cherchent partout !

– Eh, ma chère, j'ai parcouru toute notre cité. J'ai rendu une visite à ma mère ; j'ai aidé à transporter les œufs.

– Tu es brave ! Moi, je veux monter en haut pour me chauffer au soleil et prendre un peu d'air.

– C'est très bien imaginé ! Allons-y ensemble. »

Et nous nous élançâmes dans la grande rue qui conduit directement dans la cité supérieure.

« Si la porte était fermée ?

– Non, elle a dû rester ouverte, car on vient d'y monter les larves. »

Tout essoufflées, nous atteignîmes la grande porte et nous grimpâmes tout à fait au sommet de la fourmilière.

Le soleil jetait des flots de lumière. Le temps était chaud et serein, dans l'air se répandait une odeur de résine. Nous nous allongeâmes et nous demeurâmes ainsi à contempler la nature. Nous aperçûmes, non loin, des camarades de notre âge. Et de suite nous nous mîmes à nous ébattre. Les unes se poursuivaient, d'autres jouaient à cache-cache, d'aucunes s'exerçaient à se tenir assises sur leurs pattes de derrière. Hercule et moi, nous nous amusâmes à mesurer nos forces, mais Hercule me jeta aussitôt par terre. Nous nous abandonnions à nos jeux au point d'oublier entièrement tout le monde, et nous manquâmes d'écraser une larve étendue à côté de nous.

« En voilà, une place pour vos jeux ! Allez-vous-en ! cria une bonne.

– Ah, ah, l'Étourdie ! Je te tiens enfin ! Te voilà maintenant en haut !... on t'a vue déjà en bas ; et ce ne serait pas long de te voir prendre le chemin de la forêt. Tu es précoce, ma chère ! C'en sera bientôt fait de toi, si tu vas encore te promener ainsi toute seule, sans être surveillée. »

Et, habilement, la bonne me saisit dans ses mandibules et m'entraîna à la maison.

« Chère petite bonne ! Laisse-moi donc me promener et m'ébattre un peu au soleil.

– Assez, mon amie ! Toutes nous avons été assez grondées comme cela par ta mère. Ta nourrice est désolée et te cherche partout, tandis que toi, tu n'y penses guère. Tu ne t'es que trop promenée, et il est temps de te retirer. Ah, ah ! Hercule est pincée aussi ! Veux-tu voir comme deux bonnes entraînent ton amie à la maison ! »

Nous avions beau nous débattre et recourir à tous les moyens imaginables, résistant de toutes nos forces, nous accrochant avec nos pattes aux poutres qui étaient sur notre passage ; les bonnes expérimentées eurent raison de nous. Nous arrivâmes heureusement jusqu'à notre salle et là elles nous remirent à nos nourrices. Celles-ci, très débonnaires, nous reprochèrent notre fuite ; puis elles nous donnèrent à manger et nous couchèrent.

IV

À LA CHASSE DANS LA FORÊT

Nos vaches – Le voleur – À la chasse – Ma lutte avec un
grillon – Dans la tanière d'un fourmi-lion – Nous perdons
une camarade – Le retour

Encore quelques jours s'étaient écoulés. J'avais acquis toutes mes forces ; mon corps était devenu robuste ; enfin, je pus aller travailler. Je fus occupée d'abord dans la cité même, comme aide des bonnes. Nous classions les cocons et distribuions la nourriture aux larves. Lorsque j'eus faim, je voulus comme d'habitude demander à manger à l'une de mes nourrices, mais les bonnes m'arrêtèrent par ces paroles :

« À présent, c'est fini de déjeuner ici. Il faut monter et sortir. »

Et toutes nous nous précipitâmes au dehors. Aussitôt sorties de notre fourmilière, nous grimpâmes sur un arbre qui était à côté. J'y vis un grand troupeau de pucerons verts. J'avais déjà l'idée d'en déchirer un pour le manger, mais la bonne me dit :

« Comment ? Voudrais-tu donc dévorer la vache tout entière ? Tu es bonne ! Regarde comme je vais procéder, et tu en feras autant. »

Et elle se mit à traire ces vaches l'une après l'autre. Alors, j'accourus près de l'une d'elles, je la touchai de mes antennes, et aussitôt elle laissa égoutter de ses deux cornes un liquide visqueux que je trouvai d'un goût exquis. Je m'approchai d'un autre puceron qui m'offrit également de son excellent lait. Je compris alors que nous étions en possession d'un troupeau de vaches. C'était notre propriété ; nous les défendions contre tous leurs ennemis. Nous portions leurs œufs chez nous dans la cité et nous les gardions plus de six mois. Aussi les soignions-nous comme ceux que nos

66

reines-mères pondaient et qui devaient perpétuer notre propre espèce. Les pucerons qui venaient à éclore étaient nos veaux, que nous gardions dans un emplacement spécial.

Nous ne tuions jamais de nos veaux pour les manger ; nous les laissions grandir en attendant qu'on pût les traire. Nous les sortions de l'étable pour les transporter sur des plantes afin qu'ils pussent se promener et prendre de la nourriture.

Nos petites vaches vertes savaient très bien que nous ne leur ferions pas de mal, elles n'avaient donc nullement peur de nous. Au contraire, elles trouvaient en nous des défenseurs contre leurs ennemis.

Nous avions des vaches de différentes espèces, dont le lait était également d'un goût différent ; chacune de nous prenait de celui qui lui convenait le mieux.

Après nous être désaltérées, nous nous mîmes de nouveau à l'œuvre…

Pendant que nous étions occupées à notre travail, une fourmi inconnue s'était glissée dans notre cité. Aussitôt la garde l'entoura et commença à la flairer de tous côtés. Quelle ne fut pas notre terreur en constatant que c'était une étrangère, arrivée d'une autre cité. Toute notre population s'en émut ; j'accourus aussi pour voir. C'était une très grande fourmi dont la bouche était munie de mandibules formidables. Hercule, Antenne-Rouge et moi, nous nous jetâmes sur elle. **67**

« Mort à la voleuse ! Elle vient pour nous enlever nos nymphes ! cria Antenne-Rouge.

– Mais, il se peut aussi qu'elle soit venue simplement nous rendre visite, fis-je observer.

– Regardez donc, qu'elle est terrible ! Elle appartient assurément à une bande de brigands. Mort aux brigands ! clama Hercule.

– Allons, mes amies… Quoi ! tuerions-nous cette étrangère dans les murs de notre ville ? Elle se trouve seule parmi nous, qui nous comptons par milliers. Ce ne serait pas loyal. Reconduisons-la plutôt hors de la frontière.

– Madame, vous aurez fait fausse route, … permettez-nous de vous reconduire, en toute honnêteté. »

Sur ce, nous la saisîmes avec nos mandibules et nous l'entraînâmes hors de la porte.

L'étrangère comprenait bien qu'à elle seule elle ne pouvait résister. Elle feignit d'être morte, tant que nous la tenions ; mais dès qu'elle se vit en liberté, elle se mit à fuir à toutes jambes.

Quelque temps après cet événement, je me sentis très forte; déjà mes muscles s'étaient complètement développés. Je proposai donc à mes amies de chasser.

Nous partîmes toutes les trois : Hercule, Antenne-Rouge et moi. Lorsque nous arrivâmes à la surface de la terre et que nous tournâmes nos regards en arrière pour contempler notre cité, nous fûmes frappées de sa puissance. Nous avions devant nos yeux une montagne très élevée[2]. Tout autour, dans un très grand rayon, rôdaient nos concitoyennes, dévastant tout ce qu'elles rencontraient sur leur passage.

Nous comptions plus de cinq cent mille habitants dans notre cité. Et combien nombreuses les cités dispersées sur toute l'étendue de la forêt ! Nous détruisions environ un million d'insectes par jour, et nous avions encore notre bétail pour nous fournir des produits alimentaires.

Le travail était dans son plein; nos fourmis travaillaient à qui mieux mieux. Les unes traînaient des poutres, les autres apportaient le butin, plusieurs faisaient les réparations nécessaires dans la cité. On avait du plaisir à voir une population aussi laborieuse !

La tâche qui nous incombait pour ce jour consistait à procurer des aliments à nos nourrices.

Nous décidâmes de ne pas nous séparer. En route, nous rencontrâmes beaucoup de nos citoyennes, de même que plusieurs chasseresses qui se joignirent à nous, et nous marchâmes ensemble.

Nous prîmes le sentier du bois dans lequel, selon les dires des vieux chasseurs, on trouvait le plus d'insectes. Nous cheminions ainsi côte à côte en causant, lorsque, tout à coup, un dragon ailé[3] se posa au milieu de nous. Il n'en fallut pas plus pour qu'il tuât et dévorât plusieurs de nos compagnes de chasse.

« Sauve qui peut derrière la poutre ! » nous cria Antenne-Rouge.

Nous nous hâtâmes de nous cacher et, de cette manière nous pûmes éviter le péril.

Le monstrueux dragon agita ses ailes et s'envola en emportant dans son bec une de nos amies.

---

2. En tenant compte de la taille des fourmis et de celle de l'homme, les habitations de celui-ci devraient avoir la hauteur des Pyramides d'Égypte pour pouvoir être comparées aux fourmilières.

3. C'était probablement un oiseau quelconque.

La vie des insectes

Attristées, nous continuâmes notre marche.

Quelque temps après, j'aperçus un grillon qui sautillait au bord du sentier. Voilà un gibier qui ferait notre affaire ; nos nourrices auraient un excellent morceau de rôti pour leur dîner. Le grillon était trois fois plus grand que moi ; je me cachai et j'attendis… Tout à coup il fit un bond et se trouva à mes côtés. Je retins ma respiration… En jetant un coup d'œil en arrière, je ne vis plus mes amies…

« Ah, quel malheur ! pensai-je. Où sont-elles donc ? Et dire qu'il faut laisser échapper un butin comme celui-ci ! »

Le temps pressait ; il fallait prendre une décision quelconque. Promptement je me jetai sur lui. Une lutte s'engagea. Le grillon faisait des bonds ; je voltigeai avec lui dans l'air, mais j'avais si bien enfoncé mes crocs dans son dos que je tins ferme. Enfin, ses forces commencèrent à l'abandonner et je l'achevai avec l'aide de mes pinces. J'eus du mal à le bouger de sa place.

Je me démenai un bon moment encore, m'efforçant de l'emporter ; mais reconnaissant l'inutilité de mes efforts, je courus à la recherche de mes amies. Ce ne fut pas long, et à nous trois nous pûmes traîner notre proie à la maison.

La charge était très lourde. Nous rencontrâmes des obstacles sur notre route, tels que des poutres. Mais nous les surmontâmes tous et nous gagnâmes un endroit sablonneux. Tout allait bien. Plusieurs de nos citoyennes se joignirent encore à nous, pour nous aider. Nous nous réjouissions à l'idée de nous en retourner à la maison avec un si riche butin, lorsque, inopinément, survint un grand malheur : nous croulâmes toutes dans une fosse au fond de laquelle se trouvait un grand monstre avec d'énormes pinces. Tout son corps était enfoui dans le sable. Évidemment il restait là à attendre que quelqu'une de nous tombât dans son embuscade. C'était un terrible sanguinaire [4]. Nous nous vîmes complètement ensevelies sous le sable. Lorsque nous reprîmes nos sens, une de nos amies se trouvait entre les mandibules de ce monstre qui était déjà en train de lui sucer le sang.

69

---

4. Il s'agit sans doute du fourmi-lion. C'est un insecte très intéressant. Son corps raccourci, très gras et très mou, se tient sur les deux pattes de derrière, tandis que les quatre de devant sont inactives. Il ne sait pas courir et il serait condamné à mourir de faim, s'il n'avait appris à tendre des embuscades dans du sable. Se repliant sur son ventre, il se traîne sur son derrière en décrivant des cercles et en pratiquant ainsi une fosse, de laquelle il extrait le sable à l'aide de sa tête. S'il trouve une petite pierre dedans, il la fait passer très adroitement sur sa tête et puis la jette au dehors. Son travail achevé, il s'enfouit lui-même dans le sable pour guetter sa proie.

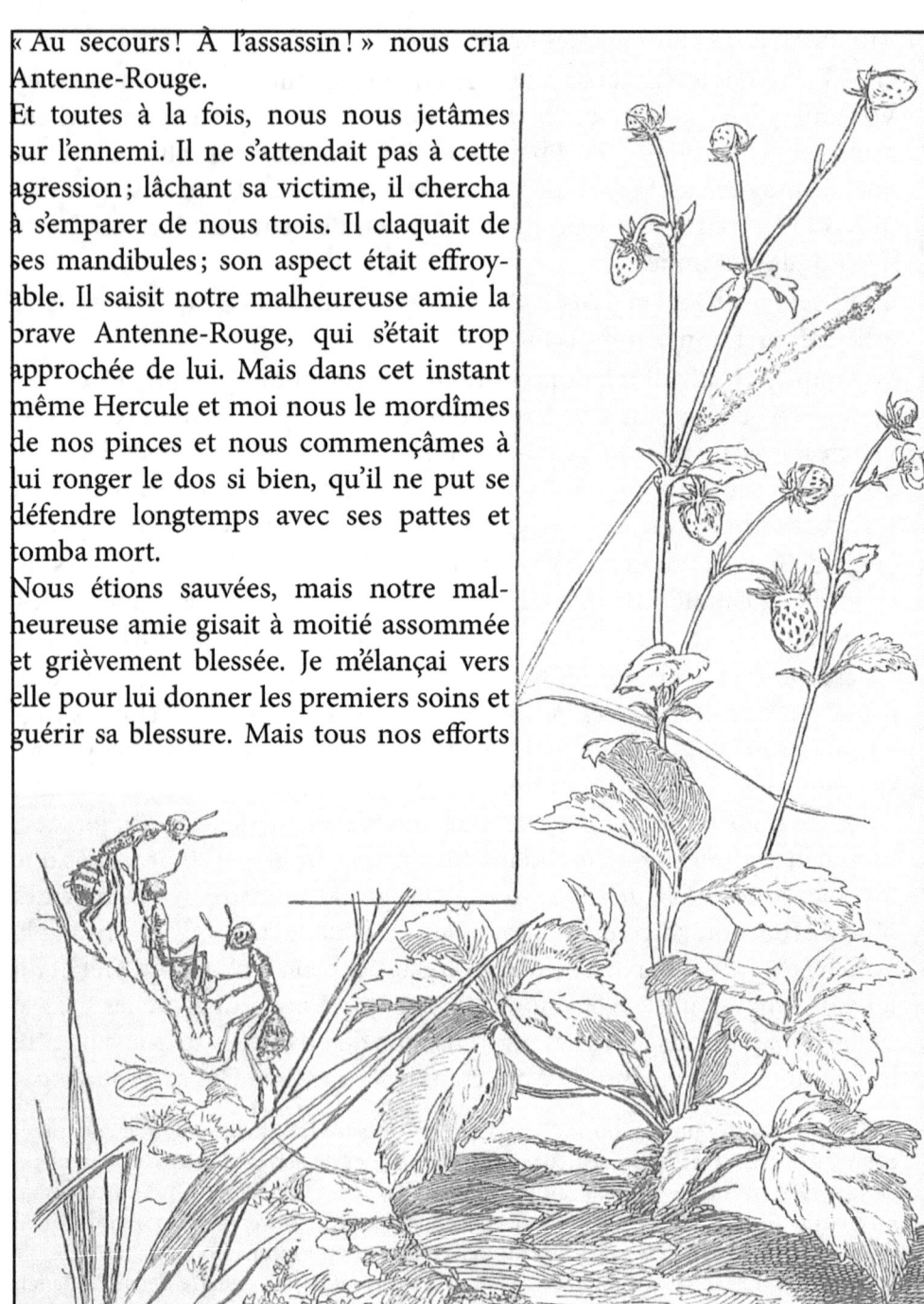

« Au secours ! À l'assassin ! » nous cria Antenne-Rouge.

Et toutes à la fois, nous nous jetâmes sur l'ennemi. Il ne s'attendait pas à cette agression ; lâchant sa victime, il chercha à s'emparer de nous trois. Il claquait de ses mandibules ; son aspect était effroyable. Il saisit notre malheureuse amie la brave Antenne-Rouge, qui s'était trop approchée de lui. Mais dans cet instant même Hercule et moi nous le mordîmes de nos pinces et nous commençâmes à lui ronger le dos si bien, qu'il ne put se défendre longtemps avec ses pattes et tomba mort.

Nous étions sauvées, mais notre malheureuse amie gisait à moitié assommée et grièvement blessée. Je m'élançai vers elle pour lui donner les premiers soins et guérir sa blessure. Mais tous nos efforts

70

La vie des insectes

restèrent inutiles. Alors nous décidâmes, Hercule et moi, de la transporter à la maison. Nous eûmes beaucoup de peine à sortir de la fosse. Le sable, en roulant au fond, l'encombrait au moindre mouvement de nos pattes. Enfin nous réussîmes à grimper au haut. Il fut décidé que tout notre butin resterait là en attendant, et que nous reviendrions le chercher, aidées de nos citoyennes.

La pauvre Antenne-Rouge souffrait horriblement, malgré toutes nos précautions. Ce n'était pas commode de la porter à deux, et c'est ce qui faisait souffrir notre blessée encore davantage. Alors, Hercule, comptant sur sa force, prit la résolution de la porter à elle seule, en prenant notre amie entre ses mandibules. Quant à moi, je la devançai et courus prévenir le monde chez nous et demander du secours.

Ce fut de cette lugubre façon que se termina notre première sortie pour la chasse.

La cité est en péril

Nous jouissons d'un repos – La nouvelle de l'approche de l'ennemi – La terreur dans la fourmilière – La belle conduite d'Antenne-Rouge – La bataille – La victoire

La matinée était sereine et chaude. Nous étions toutes très fatiguées à force de travailler. Quelques-unes de nos citoyennes déployaient un tel zèle, qu'elles en oubliaient le boire et le manger. Pour les réconforter tant soit peu, nos bonnes accouraient de temps en temps vers elles et leur apportaient des aliments. Nous abattîmes beaucoup de besogne dans ces derniers jours. Nous transportâmes de la forêt de grosses poutres, des feuilles de sapin et de différentes autres plantes, nous les montâmes sur le haut de notre cité et les rangeâmes en bon ordre. Nous ajoutâmes ainsi plusieurs nouvelles rues et places à l'ancienne cité, ce qui l'agrandit considérablement. Nous construisîmes aussi un nouveau chemin pour aller à notre vacherie. Des milliers de fourmis se trouvaient réunies en haut de la cité, le mouvement était très grand.

Nous étions heureuses de notre succès et nous prenions du repos en nous chauffant au soleil. Les bonnes apportèrent les bébés et les œufs prêts à éclore et les disposèrent à nos côtés. Les reines-mères elles-mêmes vinrent s'étendre au bon soleil…

Après avoir effectué un travail aussi pénible, nous nous sentions le cœur léger. Seule, Antenne-Rouge n'était pas avec nous ; la pauvrette était toujours souffrante. Certes elle eût bien voulu, elle aussi, jouir de cette chaleur bienfaisante, partager notre joie après avoir pris part à nos travaux. Hercule était également absente. Je me mis à sa recherche, et je la découvris à côté

72

d'Antenne-Rouge, qu'elle avait eu l'heureuse idée de transporter en haut, et auprès de laquelle elle alla monter la garde, la protégeant ainsi peut-être dans les derniers jours de sa vie. Ma joie fut très vive.

« Et toi aussi, Antenne-Rouge, tu es venue pour admirer notre travail ?

– Oui, je vois, vous avez fait beaucoup pour votre cité. Quant à moi, je ne puis vous être utile en rien. Cela ne va pas du tout, ma chère Étourdie, Je souffre un mal atroce et ne saurais vous assister en quoi que ce soit. Je suis devenue plutôt une charge pour vous. Mes amies ! Ne pensez plus à moi ! Abandonnez-moi ici, et que des dragons ailés viennent émietter mon corps désormais inutile ! »

Et la malheureuse Antenne-Rouge tressaillit de toutes ses fibres.

« Qu'est-ce que tu vas imaginer là, chère Antenne-Rouge ! Ne serions-nous donc pas en état de gagner assez pour te nourrir ? Reste avec nous, aussi longtemps que le souffle de la vie animera ton corps. Peut-être sauras-tu encore nous rendre des services ! Mais c'est malsain pour toi de demeurer ici ; tu t'agites trop. Laisse-moi te ramener chez toi. »

Je la saisis et remportai dans sa chambre…

J'allais remonter, lorsque j'aperçus Hercule qui accourait en toute hâte. Elle était bouleversée et balbutiait en faisant des mouvements incohérents de ses antennes. Je sentis qu'il était arrivé quelque chose de terrible.

« Un malheur, un grand malheur nous menace, mon Étourdie ! Notre cité est en péril !...

73

– Comment ? Qu'est-ce qui nous arrive donc ?

– Des fourmis rouges… cette race de brigands est venue assiéger notre cité. Nous sommes perdues. Il faut chercher à sauver nos enfants ! »

Bientôt cette nouvelle épouvantable se répandit dans toute la cité. Tout le monde se pressa dans la salle des enfants pour transporter les larves et les œufs. Mais Antenne-Rouge, qui restait alitée à l'étage inférieur de la cité, nous arrêta. Et nous lui en sûmes gré.

« Où courez-vous ? Êtes-vous folles ! Qu'est-ce qui vous fait donc perdre la tête ? Mourez toutes, mais n'abandonnez pas la cité au pillage. La besogne qu'il y a à accomplir ici, nous nous en acquitterons bien à nous seules, les bonnes d'enfants et moi, qui ne puis me servir de mes jambes. Les enfants resteront sous notre sauvegarde ; nous les déménagerons dans les locaux du sous-sol, où ils seront hors de tout danger. Quant à vous, qui êtes chasseresses, vous avez le devoir d'aller au-devant de l'ennemi. À toi, Hercule, et à toi, l'Étourdie, nous donnons la mission de sauver notre cité !

– Oui, oui, c'est à vous que nous en confions la sauvegarde ! confirmèrent les reines-mères.

– Recevez la mort, s'il le faut, mais n'allez pas livrer nos chers petits aux ennemis », dit Antenne-Rouge en tressaillant de tout son corps.

Je ne m'attendais pas à voir une moribonde déployer tant d'énergie et je m'écriai :

« Sauvons nos enfants, notre chère patrie ou mourons en les défendant. »

Ainsi dit, je m'élançai avec Hercule vers le haut de la cité.

Là, la confusion était complète. On se jetait d'un coin à l'autre, on se bousculait, on vociférait. Tout le monde avait perdu la tête. Notre cité entière était en ébullition et représentait une véritable fourmilière !

« Citoyennes ! Qu'est-ce qui vous affole à tel point ! L'ennemi n'est pas encore là, et déjà vous vous abandonnez à la peur ! Nous allons voir qui aura le dessus !... Nous sommes élues chefs de l'armée et tenues d'en prendre le commandement. »

Aussitôt, nous formâmes deux armées : celle qui était sous mes ordres devait marcher en avant ; l'autre, commandée par Hercule, était consignée dans les rues de la cité pour la défendre.

Nous sortîmes de la fourmilière. Mon armée était très nombreuse. En tête marchait le guide, celui qui le premier avait aperçu les fourmis rouges et qui savait où elles campaient. Nous marchions rapidement, en suivant notre route. Celle-ci avait été construite avant que je ne fusse venue au monde. Elle était entièrement déblayée de poutres et de feuilles. Nous la prenions toutes les fois que nous nous rendions à la chasse ou pour visiter nos lieux de promenade favoris. La marche y était facile. Non loin de l'endroit où notre amie Antenne-Rouge avait reçu sa blessure, l'ennemi se montra.

Mon courage m'abandonna, lorsque je m'aperçus que c'étaient les grandes fourmis rouges, d'une taille surpassant de beaucoup la nôtre, avec une grosse tête sur laquelle s'érigeaient deux énormes sabres luisants.

Ces guerrières marchaient dans un ordre parfait, en soldats bien disciplinés, formant une grande colonne flanquée d'officiers séparés par trente à quarante subalternes. Mais quelle ne fut pas ma surprise en reconnaissant que cette armée ennemie était guidée par la même fourmi qui était venue dans notre cité et à qui, avec trop de bonté, nous avions laissé la liberté! Ma colère fut grande.

« C'est de cette manière que tu as acquitté ta dette de reconnaissance pour le service que nous t'avons rendu en te laissant la vie! À mort l'espion! En avant, citoyennes! »

Ayant dit, je me jetai sur l'ennemi; toute mon armée suivit mon exemple. Nous barricadâmes la voie qui conduisait à notre cité. Une terrible bataille s'engagea. Je constatai, à ma grande terreur, que nous nous exposions au péril inutilement. Nos ennemies étaient fort peu sensibles aux coups qu'elles recevaient sur leurs grosses têtes endurcies, tandis que nous-mêmes nous tombions en masse. Nos rangs s'éclaircissaient de plus en plus; cependant nous ne nous rendions pas. Mais devant l'imminence du danger, j'étais déjà sur le point de faire battre la retraite, lorsqu'une aide-de-camp accourut en m'apportant cette heureuse nouvelle:

« Hercule vient avec toute son armée à notre secours, m'annonça-t-elle.
– Est-ce possible?
– C'est parfaitement vrai!
– Hourrah!... citoyennes! En avant!... Courage! » commandai-je.

En effet, quelques minutes après nous aperçûmes Hercule qui s'avançait avec sa nombreuse armée.

Un hourrah formidable, partant de toutes les poitrines, retentit dans nos deux armées réunies. Et, avec une ardeur nouvelle, nous nous jetâmes sur l'ennemi. Les Rouges, voyant qu'il nous arrivait du secours, estimant qu'il leur serait impossible de passer à travers nos lignes renforcées, perdirent courage et se mirent à fuir. Nous ne les poursuivîmes point.

« Bravo, Hercule. Tu es venue juste à temps ; sans toi, toutes, nous aurions péri ici !… Mais comment as-tu pu quitter la cité sans défense ? D'autres scélérats pouvaient y pénétrer – nos ennemis sont nombreux – et la détruire.

– Sois sans crainte, mon Étourdie. Il est resté là-bas encore une armée de réserve, toute prête à la défendre.

– Une armée ! Mais d'où nous vient-elle ?

– C'est Antenne-Rouge qui l'a formée. Persuadée que nos jeunes enfants se trouvaient hors de danger, elle laissa quelques bonnes seulement, qu'elle préposa à leur garde, et entraîna toutes les autres pour prendre la défense de la cité et se rendre tout de suite en haut. Elle me pressa en même temps d'aller te porter secours. Je ne pouvais lui désobéir et, aussitôt, je me suis mise en marche !

– Hourrah ! hourrah, pour Antenne-Rouge ! Elle nous a sauvées toutes. C'est elle qui a empêché l'ennemi de triompher de notre cité, d'emmener nos enfants… Allons, vite, à la maison pour l'embrasser ! » criait-on dans toute notre armée, en poussant des clameurs d'allégresse.

Et tout entière elle s'élança sur la grande route qui conduisait dans la cité, en emportant ses blessées.

VI

LA DÉBÂCLE

Les dernières paroles d'Antenne-Rouge – Une nuit agitée –
La bataille – La prise de la cité – La perte de nos chers petits –
La poursuite de l'ennemi – Je suis faite prisonnière

Nous fûmes accueillies avec enthousiasme. Le souvenir de ce jour restera pour moi ineffaçable. Nous en étions les héroïnes.

Nos guerrières, épuisées de fatigue, placèrent d'abord les blessées dans leurs salles respectives, et les bonnes se mirent aussitôt à les soigner, à panser leurs blessures.

Hercule et moi, nous fûmes déléguées pour porter à la courageuse Antenne-Rouge des félicitations au nom de toute la population de notre cité, comme à sa libératrice. Nous l'embrassâmes avec effusion et la caressâmes de nos antennes. Cependant elle était très affaiblie. Les nourrices lui apportèrent du sucre, mais elle ne pouvait plus manger.

« Antenne-Rouge ! Tu as sauvé notre cité, lui dis-je. Après cette malheureuse chasse, lorsque nous nous vîmes obligées de te rapporter à la maison, toi, croyant ton existence désormais inutile pour notre grande famille, tu invoquais la mort ; mais tu vois qu'il ne faut jamais désespérer. C'est grâce à tes conseils éclairés et à ton énergie que des milliers de nos jeunes enfants et notre grande cité elle-même ont été sauvés ! Au nom de toutes nos citoyennes, nous venons t'acclamer, toi, la victorieuse. C'est par tes sages exhortations que nous avons pu nous rendre maîtres de l'ennemi. Jamais nous ne saurions l'oublier. Que tes jours soient prolongés pour le bonheur et le bien-être de notre chère patrie !

– Je te remercie ; mon excellente Étourdie, de ces paroles de gratitude que

Contes russes du XIXe siècle

tu m'apportes. Mais quels sont donc les services que j'ai rendus à la patrie! J'ai fait ce que chacun aurait fait à ma place! C'est vous qui avez remporté la victoire, et l'honneur vous en revient tout entier. Cette gloire ne saurait m'appartenir, à moi, qui ne peux plus faire usage de mes jambes. Je suis très heureuse de vous voir, mes amies! Je dois vous dire, cependant, que vous auriez tort de vous livrer à la joie dès à présent déjà.

Une calamité est encore à craindre; cette race scélérate des Rouges est plus terrible que les dragons et que le lion même qui m'a fait une blessure si atroce. Ces Rouges reparaîtront immanquablement et reprendront l'attaque de notre cité… Ah, que je souffre! Je ne peux plus parler; cependant je dois vous dire bien des choses encore… Assurément, elles vont revenir, je le pressens… Oh, mes pauvres jambes! Comment vous rendre la force nécessaire?… Je serais partie aussi pour la défense de mon pays… Faites doubler la garde… Mettez des sentinelles dans toutes les rues… Ne vous endormez pas… veillez! »

Antenne-Rouge voulait nous dire encore quelque chose, mais sa jambe malade fut prise de convulsions; elle tressaillit de tout son corps, puis se redressa et rendit le dernier soupir.

Ainsi s'éteignit la sage conseillère de notre cité.

Ce fut un branle-bas chez nous pendant toute la nuit. Personne ne dormait. Des sentinelles étaient postées sur tous les coins. Toutes les portes de la cité étaient barricadées par des poutres. Nous avions été toutes frappées par les dernières paroles d'Antenne-Rouge. Tout le monde s'attendait à une attaque nocturne. Cependant cette nuit se passa heureusement; à l'aube du jour, nous nous mîmes à notre travail habituel.

Dans l'après-midi, je montai sur un arbre pour voir notre bétail et m'assurer que tout y était en ordre ; à cette hauteur, je pouvais du regard embrasser un espace très large. Antenne-Rouge avait prédit très juste : j'aperçus nos ennemies rouges.

Comme d'habitude, elles formaient une colonne énorme, bien disciplinée. Elles étaient innombrables. De peur et de douleur, je tombai de l'arbre et m'abattis juste sur notre fourmilière.

« Les Rouges ! Les Rouges marchent sur nous ! Sauvez-vous ! » criai-je terrifiée.

Cette nouvelle épouvantable se répandit dans toute la cité. Nous nous réunîmes sur la grande place et nous décidâmes d'envoyer toute notre année à la rencontre de l'ennemi : elle devait se tenir devant notre cité et la défendre de toutes ses forces.

Les Rouges s'approchèrent et nous entourèrent. Leur chef sortit des rangs et nous dit :

« Vous voyez que nous sommes plus fortes que vous et mieux armées. Votre dernière heure a sonné. Mais nous sommes de nobles guerrières et nous avons un bon cœur ; nous ne voulons pas vous tuer inutilement. Nous vous laissons la vie et ne vous demandons rien autre chose que de nous payer une contribution.

– Que voulez-vous donc de nous, qui sommes une population paisible ?

– Nous demandons seulement 2 000 de vos œufs et de vos larves, et nous posons la condition que les uns comme les autres soient de bonne race, afin de nous fournir dans la suite une population aussi intelligente que la vôtre.

– Nous vous savons gré de votre haute opinion sur nous. Oui, vous ne nous demandez pas grand-chose en effet… Vous voulez que nous vous donnions plus que notre vie même, vous réclamez nos jeunes enfants, qui sont sans appui. Croiriez-vous donc que nous les laisserions à votre merci, au risque d'être dévorés par vous, sans vous livrer bataille ! Nous périrons toutes, plutôt que de vous laisser arriver jusqu'à nos chers petits ! lui répondis-je.

– Toutes, nous tomberons ici, mais nous ne livrerons pas nos enfants ! criait-on de tous côtés.

– C'est bien regrettable. Vous ne sauriez nous arrêter, et vous devrez subir la mort bien inutilement. Ce n'est pas en vain que nous possédons de si fortes mandibules… En avant, mes braves guerrières !… »

Et elles brandirent leurs longs sabres avec un épouvantable cliquetis. Il semblait qu'elles eussent envie de nous dévorer sur place. Nous fîmes courageusement face à cette attaque ; nous nous battîmes désespérément, en rassemblant toutes nos forces, sans tenir compte de notre vie. Nous leur pincions les jambes ; nous leur sautions sur le dos, mais nos ennemies paraissaient insensibles à tous nos coups et suivaient leur chemin en s'avançant toujours vers la cité. Je voyais qu'il n'y avait plus aucun moyen de salut, que toutes nous devions périr immanquablement. Le sol était jonché de cadavres. Dans l'atmosphère se répandait l'odeur de l'acide formique.

La bataille ne cessait pas, mais tous nos efforts furent vains. Il était tout à fait impossible d'arrêter l'invasion des Rouges. Je criai à Hercule :

« Vite, sauvons-nous pour cacher nos enfants ! »

Et nous nous élançâmes dans la cité.

Une partie de notre armée nous suivit… Nous emportions à la hâte, les unes, les jeunes enfants, les autres les nymphes ; d'aucunes s'empressaient auprès des œufs. Mais où les cacher ? C'est ce que nous ne savions pas nous-mêmes, et affolées, nous nous jetions d'un coin dans un autre.

Tout à coup, un mur de notre cité natale s'ébranla. Nos ennemies, les Rouges, se précipitèrent dans son enceinte…

Après avoir tué les gardes, elles pénétrèrent dans les rues. D'autre part, ayant pratiqué une brèche clans le mur, elles envahirent la salle des enfants. Elles occupèrent toute notre cité et se livrèrent au pillage.

« Marchons, suivez-moi ! J'ai déjà visité leur cité et je sais où l'on enferme les enfants », entendis-je crier.

Et je reconnus cette voix. Mais les Rouges trouvèrent la salle presque déserte.

« Descendons dans les souterrains, c'est là qu'elles ont l'habitude de cacher leurs enfants », fit la même voix.

Et toute cette bande de scélérates se précipite en bas. Les unes enlevaient nos enfants de leurs nids en les saisissant entre leurs mandibules, les autres les arrachaient à leurs bonnes et les emportaient. Nos reines-mères, nos bonnes, nos nourrices et nous autres ouvrières, nous nous précipitions d'une place à l'autre en proie à une profonde émotion. Nous nous jetions sur les ennemies, nous nous accrochions à leurs jambes, enfin nous les suppliions !

« Nos malheureux enfants ! Où voulez-vous les emporter ? Nous ne vous les livrerons pas ! Pourquoi les martyrisez-vous ? Quel mal vous ont-ils fait ? Scélérates ! Races de brigands !

– Citoyennes ! ne les laissons pas emporter ! Arrachez-les leur ! » criai-je exaspérée en saisissant tantôt une, tantôt une autre guerrière par la jambe. Mais tout cela fut inutile. Elles quittèrent notre cité en emportant chacune, qui un œuf, qui une nymphe – nos futures ouvrières. Aujourd'hui encore, je ne saurais me rendre compte comment elles pouvaient distinguer au milieu de cette confusion, et choisir précisément ceux des œufs dont elles étaient désireuses, c'est-à-dire ceux desquels sortiraient des ouvrières.

Après avoir effectué ce pillage, les Rouges se mirent tranquillement en marche pour rentrer chez elles. Je ne pus supporter ce triste spectacle et je m'écriai :

« Suivons-les ! Arrachons-leur nos enfants ou mourons avec eux ! »

Il se trouva quelques vaillantes citoyennes qui répondirent à mon appel. Nous nous précipitâmes à la poursuite de l'ennemi. Nous le suppliâmes de nous rendre nos chers petits, mais toutes nos sollicitations restèrent vaines.

« Tu es par trop délurée, ma chère, une véritable Étourdie, me dit une des Rouges ; veux-tu que je t'emmène avec nous ? »

Et me saisissant de ses énormes mandibules, elle m'entraîna.

Je me défendis aussi bien que je pus et je criai à mes amies :

« Citoyennes, au secours ! Venez me sauver, ne m'abandonnez pas ! »

Mais c'était trop tard. Je me vis entourée d'ennemies. Je croyais donc que ma dernière heure allait sonner. Adieu, patrie, adieu Hercule, adieu nos enfants, nos vieilles bonnes, adieu tous ! Mes moments sont comptés…

« Ces barbares Rouges mettront mon corps en pièces pour le dévorer après ! pensais-je. Adieu à tout le monde. Ne me gardez pas rancune !... »

VII

Chez les agriculteurs

Un fauve épouvantable – Destruction du repaire des brigands – Je m'embrouille dans les poils du fauve – Seule dans la forêt – En visite chez les agriculteurs – Je quitte mes nouveaux amis

Je fus pendant un long temps prisonnière chez les Rouges où j'étais tenue de travailler, aussi bien que dans notre propre fourmilière. Un soir, après avoir placé les larves et les nymphes suivant leur âge, nous allâmes fermer les portes de la cité, ensuite nous nous couchâmes.

Il survint dans la nuit un événement épouvantable dont, aujourd'hui encore, je ne puis parler autrement qu'avec terreur. La cité des scélérates rouges allait périr. Les maisons, les murs, des rues entières volaient dans l'air, dispersées de tous côtés. Je m'éveillai, sautai de mon lit et, de terreur, je perdis presque la raison. En face de moi était un énorme monstre qui, en largeur, surpassait plusieurs fois notre cité, toutes les rues comprises. Cet épouvantail avait une très grosse tête et le poil hérissé. Avec ses pattes il fouillait notre cité et dévorait tout ce qui lui tombait sous les yeux. Nombre de ces paresseuses rouges périrent dans sa gueule. Déjà, il allait atteindre nos nymphes. Nous toutes, et les Rouges aussi, nous nous jetâmes sur lui en l'accablant de morsures, mais il n'y prêta pas la moindre attention. Je lui tombai sous la patte et aussitôt je fus rejetée quelque part au loin. Mais je ne perdis pas la tête et m'écriai :

« En avant, citoyennes ! Attaquez l'ennemi toutes à la fois ! Cherchez à arriver à sa chair ! »

Nous nous embrouillions dans ses longs poils comme dans un taillis ; enfin nous atteignîmes sa peau et nous le mordîmes. Les plus hardies d'entre

La vie des insectes

nous s'accrochèrent à ses narines et lui pincèrent le nez, si bien qu'il poussa un hurlement en secouant la tête, et prit aussitôt la fuite.

Je commandai :

« Descendez à terre ! »

Et moi-même je voulus sauter en bas ; mais ce n'était pas chose facile. Mes pattes s'enchevêtrèrent dans ses poils épais comme dans une toile d'araignée. En vain m'efforçais-je de m'échapper : le monstre m'emportait avec lui. On se figure aisément l'angoisse que j'éprouvais. Il me porta ainsi de longues heures sans se douter nullement de ma présence. Souvent il s'arrêtait en route, arrachait du sol de grosses souches, comme si c'eût été de simples petites branches, dans l'espoir, sans doute, de trouver une fourmilière.

Ne sachant plus comment me débrouiller, je me mis à ronger ses poils et tout d'un coup je tombai par terre. Quelle ne fut pas ma joie ! Sauvée, sur terre ! Je marchais sans savoir où j'allais. La faim me dévorait. Je cherchai de quoi manger, mais je ne trouvai rien. Enfin, j'aperçus une punaise des bois. Ces bêtes répandent au loin autour d'elles une odeur détestable ; mais j'étais si affamée que je la dévorai avec plaisir.

Réconfortée par cet aliment, je m'acheminai plus loin, ne sachant où me diriger pour retrouver ma cité natale. Je tâtais la terre de mes palpes, j'enfonçais ma tête, je flairais tout objet que je trouvais sur ma route, mais rien ne m'indiquait que je fusse sur le bon chemin, c'était une route absolument inconnue pour moi.

Contes russes du XIXe siècle

Je marchai longtemps ainsi; enfin j'aperçus une cité. Un haut remblai s'élevait devant moi. Tout autour de la cité, sur une grande étendue, régnait une propreté extraordinaire: on n'y voyait pas la moindre trace d'ordure. Partout, le sol était égalisé, toute cette place présentait l'aspect d'un beau pavé. Au milieu de la place végétait une plante, mais elle n'était entourée d'aucune herbe.

Pendant que je restais là à admirer ce beau tableau, de grandes fourmis brunes m'entourèrent. J'étais donc, de nouveau, prisonnière.

Ces fourmis s'approchèrent de moi, commencèrent à me flairer, à me tâter de leurs antennes.

« Que flairez-vous? Je sens la punaise, n'est-ce pas? Cependant je ne suis pas une punaise, mais bien une fourmi aussi laborieuse que vous; cette odeur provient de ce que j'ai dévoré une punaise récemment, étant pressée par la faim. Si vous avez envie de me manger, exécutez-moi de suite; j'ai déjà assez souffert comme cela dans ma vie. J'en suis lasse… La mort ne saurait m'effrayer!...

– Que dites-vous! Nous ne sommes pas des cannibales. Pourquoi désespérer, vous êtes si jeune encore!... me dit une de ces brunes.

– Si je vous contais le récit de tout ce que j'ai déjà éprouvé, ce serait à faire dresser les cheveux, si vous en aviez.

– Vous avez donc souffert beaucoup de misères! Venez dans notre cité, nous causerons, et peut-être pourrons-nous vous venir en aide. Nous sommes toujours heureuses de pouvoir rendre service. On vous offrira à manger, vous prendrez du repos, et s'il ne vous agrée pas de vivre avec vous, vous irez où bon nous semblera. Nous sommes une population pacifique et ne faisons de tort à personne. Vous paraissez appartenir aussi à une bonne famille de fourmis.

– Nous sommes des éleveuses de bétail et nous chassons.

– Ah! vous êtes donc une citoyenne de la grande cité! Nous avons beaucoup d'affection pour vous. Vous débarrassez notre forêt des insectes nuisibles. Sans vous, nos champs seraient dévastés!

– C'est vrai; on consomme dans chacune de nos cités 100 000 insectes par jour, et vous savez si elles sont nombreuses.

– Veuillez donc entrer, nous serons honorées de votre visite! »

Et tout le monde me fit une révérence comme pour me rendre hommage; puis on me conduisit dans la cité.

La vie des insectes

En longeant leurs champs, je demandai :
« Permettez-moi de vous adresser une question : pourquoi cette propreté extraordinaire que je trouve partout chez vous ?
– Nous ne pourrions pas faire autrement. Vous voyez cette herbe ? C'est notre champ de riz qui est un excellent produit alimentaire. Si nous ne soignions pas ce champ, il se couvrirait de mauvaises herbes, et toute cette culture serait perdue. Nous sommes bien obligées d'entretenir la propreté chez nous… Ne désireriez-vous pas goûter de nos pommes ? »
Et ma conductrice en cueillit une qu'elle m'offrit. La pomme était d'un parfum et d'un goût exquis.
« Veuillez m'en donner encore une… Je n'ai pas pu apprécier son goût, ma bouche gardant encore celui de la punaise que j'ai été forcée d'avaler.
– Oh, c'est avec le plus grand plaisir ! »
Et aussitôt une des fourmis, secouant une petite herbe, en cueillit le fruit. Je le mangeai et je tressaillis.
« Qu'avez-vous ? Cette pomme serait-elle si mauvaise ?
– Au contraire, elle est excellente. Mais vos fruits m'ont rappelé le goût du lait de nos vaches. Jamais je ne les reverrai plus, jamais plus je ne savourerai leur lait.
– Allons donc ! Pourquoi vous désespérer tant ! Vous avez besoin de repos ; il faut que vous mangiez d'abord, après nous vous ferons voir toutes nos constructions. Venez chez nous dans la cité… »
Je demeurai là plusieurs jours et ce fut un heureux temps pour moi. Tout le monde s'empressait auprès de moi ; chacune de mes hôtesses cherchait à me donner une preuve de sa sympathie. Ces fourmis étaient très affables et d'une sagacité extraordinaire. Elles travaillaient beaucoup et tout allait bien chez elles.
De grand matin, dès qu'il commençait à faire jour, elles s'empressaient de partir pour leurs champs. Leur premier souci était de déblayer la plus grande surface possible de terrain. Lorsque le sol était bien défriché, elles apportaient des céréales et faisaient leurs semailles. Le riz qu'elles aiment tant une fois venu, elles le débarrassaient des mauvaises herbes, puis le coupaient avec leurs mandibules comme avec une faucille et l'emportaient dans leurs greniers. Là elles séparaient les grains de la paille. Elles jetaient celle-ci, et mettaient le riz en tas. Après quoi, elles prenaient soin que le grain ne se gâtât ni ne germât ; la pluie le mouillait-elle, on le transportait

85

au soleil, on le séchait, on le triait; et toutes les fois que l'on trouvait un seul grain en état de germination, on le mettait de côté pour le manger tout de suite.

Tout ce travail était effectué par les ouvrières, car chez ces fourmis, de même que chez nous, il y avait des mâles, des reines-mères et des ouvrières.

Leur cité était immense. Elle était principalement bâtie au-dessus du sol et contenait de vastes magasins pour le blé. Il y avait aussi des salles spacieuses destinées aux enfants – larves et nymphes –, et des chambres pour les parents. Tout était superbement aménagé chez ces fourmis; elles vivaient heureuses sans manquer de rien. Mais, malgré tous les soins dont j'étais l'objet, et quoiqu'on cherchât à prévenir tous mes désirs, je m'ennuyais horriblement. La tristesse m'envahit. Je n'étais plus capable de rien faire. Je ne cessais de penser à mes parents, à ma sœur Hercule, à ma chère vieille bonne.

Je pris la résolution de rejoindre ma cité natale, coûte que coûte. Je dis donc adieu à mes nouvelles amies après leur avoir exprimé ma reconnaissance pour leur hospitalité. Elles m'engagèrent à demeurer, déclarant qu'il était dangereux de me mettre toute seule en voyage clans ce pays et m'avertissant que je risquais d'être dévorée en route par des dragons ailés ou par des lézards, enfin que je pourrais essuyer une attaque des fourmis scélérates. Mais je sentais qu'il me serait impossible de vivre ailleurs que chez nous, dans mon pays natal; le lendemain, aux premières lueurs du jour, je me mis en marche.

Les fourmis agricoles me reconduisirent en me souhaitant un heureux voyage, et nous nous quittâmes.

VIII

LE RETOUR

UNE RENCONTRE HEUREUSE – LE PONT VIVANT – LES FOURMIS DESTRUCTRICES – MA DÉSOLATION – JE TROUVE LA BONNE TRACE – JE SUIS RECONNUE

J e cheminai sans m'arrêter. Déjà le soleil était couché et je ne pensais pas à me reposer. Encore une journée s'écoula ; brisée de fatigue, je me tapis sous une feuille et m'endormis d'un sommeil profond.

Réconfortée par le repos et la nourriture, de nouveau je me mis en marche. Je croisai nombre d'animaux épouvantables, d'une taille énorme. Plus d'une fois je crus ma dernière heure venue. Heureusement ils ne faisaient guère attention à moi. Je ne représentais pour eux qu'une proie fort peu désirable ; ils ne daignaient pas seulement remarquer ce petit être insignifiant que je suis…

Je m'approchai d'une rivière. J'étais tout à fait épuisée de fatigue et de faim, car, comme par malchance, je n'avais rien trouvé de mangeable. Tout d'un coup je vois tomber d'un arbre, savez-vous quoi ? Rien moins qu'une petite vache, oui, une véritable petite vache, absolument pareille à celles que nous avions domestiquées. J'étais aussi heureuse de la rencontrer que si elle eût été ma meilleure amie.

« Ah ! me dis-je, voilà que je vais m'offrir un bon repas, il y a déjà un long temps que je n'ai bu de lait. »

Je m'avançai vers la bestiole, mais celle-ci se sauva aussitôt, et il me fut impossible de la retrouver. L'idée me vint alors que sur l'arbre il devait y en avoir beaucoup, parce qu'un parfum délicieux s'exhalait de ce côté. Je grimpai donc sur cet arbre et j'y trouvai tout un troupeau de vaches. Elles étaient

toutes groupées ensemble, sauf une seule qui s'était attardée. Alors, doucement, je m'avançai vers elles et me mis à les traire. Elles laissaient égoutter un jus sucré dont je m'abreuvai avec délices.

Je pris la résolution de me reposer là, à côté de ces vaches, d'autant plus que la chaleur était insupportable. Après m'être installée, je jetai un coup d'œil autour de moi, pour examiner l'endroit. Tout d'un coup j'aperçus des fourmis d'une espèce qui m'était inconnue. Elles étaient justement en train de jeter un pont sur la rivière. C'était un spectacle très intéressant; si je ne l'avais pas vu de mes propres yeux, je n'aurais jamais cru qu'il fût possible. On procédait de cette manière: une fourmi s'accrochait à l'autre et ainsi de suite, puis elles se jetaient à l'eau en formant une guirlande vivante qui s'allongeait toujours. Enfin, le courant les poussa sur notre rive. Une des fourmis empoigna une branche et toutes les autres la suivirent pour y monter. Alors, une autre, une troisième, une quatrième guirlande se formèrent, et ainsi de suite jusqu'à ce que toutes eussent traversé la rivière. Elles se présentèrent sur notre rive en très grand nombre. Je les regardai en pensant: Seraient-ce encore ces scélérates rouges qui viennent me poursuivre jusqu'ici ?

De loin, en effet, elles leur ressemblaient beaucoup, mais je pus reconnaître après qu'elles étaient d'une couleur brune foncée, et que leurs mandibules étaient moins fortes. Mais la tête était très grosse, ce qui annonçait une vigueur peu commune. Je les suivais des yeux avec terreur.

Si l'idée leur vient de grimper sur cet arbre, pensais-je, c'en sera fait de moi et de toutes ces vaches.

La vie des insectes

Mais leur avant-garde, après avoir abordé, se mit aussitôt à construire une voûte en forme de dôme que je pris d'abord pour les fondations d'une cité. À cette construction qu'elles élevaient au-dessus de la terre, elles travaillaient avec beaucoup d'habileté, en prenant pour matériaux la vase qu'elles cimentaient encore au moyen d'un suc visqueux qui s'épanchait de leur bouche. Cette voûte achevée, elles firent passer dessous toute leur armée.

Aujourd'hui encore je ne peux concevoir dans quel but elles avaient construit cette voûte, car, bientôt je les aperçus qui en sortaient et qui tiraient vers la gauche en longeant la rivière[5].

Ces faits paraissent si miraculeux, que toutes les personnes à qui plus tard j'en ai parlé me répondirent que je leur contais une fable, et que c'était la peur qui avait provoqué en moi cette hallucination.

Ces fourmis s'avançaient lentement en détruisant tout ce qu'elles trouvaient sur leur passage. Les bêtes, les dragons ailés, les lézards et les singes même, à leur vue, se jetaient de côté, se hâtaient de se cacher comme ils pouvaient. Je vis un serpent ramper sur la route, où il leur aurait barré le passage, mais dès qu'il les aperçut, il s'empressa de changer de direction

---

5. Les fourmis destructrices construisent cette espèce de voûte lorsqu'elles se voient obligées de marcher sous une chaleur ardente, afin de se garantir des rayons brûlants qui provoquent chez elles une attaque d'apoplexie et les tuent instantanément.

Contes russes du XIXe siècle

et s'en alla du côté opposé. Tout le monde les fuyait ! En les regardant je disais en moi-même :

En voilà, des fourmis destructrices ! Si elles viennent à tomber sur notre cité, elles vont dévorer toute la population sans faire grâce à personne !

Ma terreur fut si grande que je sautai en bas et m'élançai dans une direction contraire, en tirant vers la droite.

J'étais dans un abattement complet. Je me disais que j'avais de la chance de me trouver encore en vie ; mais, à quoi bon ? Jamais je ne reverrais plus ma cité natale ; j'étais condamnée à périr dans un pays étranger ! Je me sentais isolée et l'isolement rend la vie affreuse. Je pensais aux fourmis destructrices et j'enviai leur sort ; bien qu'elles ne fussent pas plus grandes de taille que nous autres, elles en imposaient à tout le monde, même aux fauves, et cela par la raison qu'elles étaient innombrables. Tandis que moi, pauvre bête, privée de gîte et sans appui, j'étais à tout moment exposée à être dévorée, anéantie... Ah, si la mort venait plus vite me délivrer !...

Préoccupée, de ces pensées je cheminai toujours en avant, sans savoir où le hasard me conduirait. Et tout d'un coup je sentis l'acide formique. Je tressaillis d'émotion, tant cette odeur m'était familière ; c'était celle de mon pays.

Je m'agitai, je me jetai d'un côté à l'autre. C'était bien la trace de mes parents ; ils devaient avoir passé là tout récemment. Je courus en avant à toutes jambes. Je vois enfin la place où la bataille fut livrée ; voici l'endroit où accourut à mon secours Hercule... Mais la cité natale ! Existe-t-elle encore ? Peut-être ne présente-t-elle plus que des ruines couvertes d'herbe ?...

Cette pensée me désolait. Et voilà encore notre grande route ! Je m'y élançais vivement, lorsque je sentis mes forces m'abandonner !... Et tout d'un coup ! Ô, bonheur !... j'entrevois ma fourmilière natale ! Elle s'élevait, majestueuse et deux fois plus grande que lorsque je l'avais quittée.

Il faisait nuit – tout le monde dormait. Mais connaissant bien toutes les entrées, je soulevai doucement les solives qui barraient la grande route et je mis le pied dans la cité natale. Les sentinelles se jetèrent sur moi, prêtes à me mettre en pièces. Elles ne me reconnaissaient pas.

On donna l'alarme dans toute la cité. Vais-je donc, pensais-je, vais-je donc, dans ma propre patrie, être tuée comme une étrangère que l'on ne voudra pas reconnaître ? Pourquoi, alors, avoir encouru tant de souffrances ! Oh, qu'il eût bien mieux valu pour moi rester avec les fourmis agricoles !...

La vie des insectes

Et comme pour me mettre à genoux, je m'assis sur mes pattes de derrière. Tout d'un coup j'aperçus Hercule. Elle s'approcha de moi et commença à me flairer. Mais je n'en pouvais plus ; je me jetai à son cou.

« Étourdie ! Est-ce bien toi !...

– C'est bien moi, ma sœur ! Enfin je me retrouve avec vous ! »

J'embrassai mon père, ma mère, ma vieille bonne et je pleurai de joie…

Ah ! voilà qu'à la fin de mon récit, je commets une inexactitude. Les larmes ne nous viennent pas aux yeux, à nous autres ; les fourmis ne savent pas pleurer ! Eh bien, cette fois-ci, passez-moi le mot !...

Contes russes du XIXᵉ siècle

92

La vie des insectes

Engelhardt

La Fourmi prophétesse

94

La vie des insectes

À côté de la route, il y avait une pierre… celle qu'on jette dans le jardin d'autrui.

Elle restait couchée là l'hiver et, l'été, elle se couvrait de mousse. La poussière de la route la salissait, la pluie et la neige la mouillaient, les oiseaux venaient se reposer sur elle, et elle était toujours là, immuable et impassible… Mais ce n'est pas pour elle que nous avons commencé notre histoire, et il aurait été inutile d'en faire mention si elle n'eût recouvert une grande fourmilière.

Des centaines de galeries, des milliers de salons aux étages superposés étaient creusés en terre, et sous la pierre même, tout en haut, se trouvaient les appartements de la fourmi-reine, de sorte que la pierre leur servait de plafond.

Elle était assise, entourée d'une foule de nourrices et de servantes, et pondait des oeufs.

Comme la pierre s'échauffait au soleil pendant la journée, elle restait chaude toute la nuit : c'est pourquoi les fourmis avaient installé en cet endroit les appartements de leur reine.

La reine avait déjà pondu beaucoup d'œufs ; ils étaient couchés comme de minuscules sacs blancs dans dévastés salles ; et voilà qu'un beau matin tous crevèrent et que des fourmis, gauches et faibles, en sortirent. Toutes étaient de simples ouvrières. On les divisa immédiatement en régiments, les régiments en bataillons, les bataillons en compagnies, et on donna à chaque compagnie un capitaine, — une vieille fourmi qui devait leur apprendre l'organisation et les lois de la fourmilière, et les principes de la morale des fourmis. On les rangea dans la plus vaste salle, où il faisait clair connue en plein jour (du moins les fourmis l'affirmaient) ; à l'entrée, entourée de ses gardes qui secouaient terriblement leurs énormes mandibules, la fourmi-reine était debout. Les compagnies passèrent devant elle les unes après les autres et disparurent dans un couloir qui menait aux profondeurs de la fourmilière. Elles ne devaient plus revoir leur mère.

C'étaient de simples ouvrières, de celles qui peinent pendant toute leur vie à l'intérieur de la fourmilière, transportant des fardeaux, creusant des tunnels, tandis que les autres travaillent au dehors, sous la direction des inspectrices, pendant des mois et des années.

Celles-ci défilèrent de même devant leur mère, la fourmi-reine, en criant :
– Vive la reine !

La reine était debout, grasse, lourde, comme doit l'être une reine, suivant l'idée des fourmis ; ses larges ailes tombaient de ses épaules comme un manteau ; elle souriait royalement à ses enfants et chacune des fourmis emportait avec elle ce sourire qu'elle n'oubliait jamais.

La dernière compagnie passa devant elle : elle était formée des nouveau-nés les plus faibles, les plus laids ; mais c'est à celle-là que la pauvre mère sourit avec le plus d'affection. Des larmes emplissaient ses yeux… Mais voilà la dernière compagnie disparue dans les ténèbres du couloir.

Les fourmis de la Cour (elles avaient les yeux crevés, comme tous les serviteursqui entourent la reine : personne ne pouvait la voir plus de deux fois dans sa vie) se précipitèrent vers la porte et la fermèrent avec des poutres énormes. Les gardes se rangèrent ensuite près d'elle et l'escortèrent dans ses appartements, où elle devait de nouveau pondre des oeufs et suivre encore ses enfants d'un sourire d'adieu.

*

La dernière compagnie était sortie de la salle. Elle marcha longtemps dans les ténèbres et dans le silence de l'immense couloir. Il y avait beaucoup de couloirs semblables qui partaient en rayonnant des appartements royaux ; les serviteurs aveugles de la reine erraient çà et là, traînant les provisions apportées des magasins par des ouvrières ; lesquelles se sauvaient ensuite vivement, car personne, sous peine de mort, ne peut voir quelqu'un de la Cour.

Le couloir que suivaient les fourmis de la dernière compagnie ne communiquait avec aucun autre ; il descendait verticalement de la grande salle au troisième étage. Elles marchèrent longtemps ; enfin une lueur brilla. Au même instant, des centaines de mandibules pareilles à des ciseaux commencèrent à claquer autour de la sortie : c'était la garde extérieure de la reine… Le commandant de la compagnie donna le mot d'ordre et on les laissa passer. Elles se trouvèrent dans une large et claire galerie : des centaines de fourmis couraient, se bousculaient, se parlaient les unes aux autres, portaient des poids, traînaient des pucerons. Les inspectrices passaient au milieu d'elles, gourmandant celles qui flânaient ou se querellaient.

À tout moment aussi passaient les guerriers, portant fièrement leurs grosses têtes aux fortes mandibules. Les ouvrières leur faisaient respectueusement place, levant leurs antennes et saluant. Elles faisaient cela très rapidement, et de nouveau couraient et se bousculaient, sans cesser de bavarder.

Étourdies par ce vacarme, les jeunes fourmis se traînaient derrière leur capitaine ; personne ne faisait attention à elles, tout le monde les bousculait et le capitaine criait d'un air fâché :

– Marchez, ne restez pas en arrière !

Elles allèrent ainsi longtemps, tournant à gauche, puis à droite, descendant, remontant ; et partout c'étaient les mêmes couloirs, percés de centaines de portes, partout des salles et des chambres, partout les fourmis se pressaient. Certes, il fallait bien connaître la fourmilière pour ne pas s'égarer.

Enfin elles arrivèrent à la chambre qui leur était destinée. C'était une petite pièce basse, dont le plancher était couvert de feuilles sèches. Mais ce n'était que leur dortoir ; pour le reste, elles devaient travailler avec les autres et dîner à la table commune.

En attendant, elles avaient encore une situation privilégiée. Le capitaine s'assit au milieu de la salle et ordonna à tout le monde d'en faire autant.

– Avant tout, il faut que vous fassiez connaissance avec la situation politique de notre fourmilière, commença-t-il : nous, fourmis, sommes les êtres les plus parfaits, les plus intelligents du monde entier. Nous avons une reine-mère et nous tous, nous sommes ses esclaves ; toute la fourmilière lui appartient, tous ses désirs doivent être accomplis, sa volonté est une loi pour chaque fourmi… En tête de notre constitution il est dit : la reine pond, mais elle ne gouverne pas… Ce sont les guerriers qui gouvernent, devant lesquels chaque ouvrière doit fléchir le genou… Ils sont les gouverneurs et les défenseurs de la fourmilière. Vous voyez que la liberté, l'égalité et la fraternité règnent chez nous…

– Comment ? dit tout à coup la plus petite, celle qui boitait, où est donc l'égalité, si je dois fléchir le genou devant un guerrier?...

Le vieux capitaine leva ses antennes.

– Tu n'es encore qu'un béjaune! Sache-le donc: nous sommes tous égaux, parce que nous sommes les enfants d'une même mère… mais il y a trois castes de fourmis: les ouvrières, les soldats et les fourmis de la Cour; — cette dernière caste est la plus ancienne, comme il résulte des lois naturelles de l'hérédité. Chez nous, ce n'est pas comme dans d'autres fourmilières, où les guerriers, les vainqueurs, sont d'une race tout à fait différente; chez nous, les guerriers, ce sont les enfants de la reine-mère, par conséquent les oncles… Oh, il n'y a rien de plus sage que notre système politique: nous sommes toutes égales parce que nous sommes toutes sans sexe, toutes soeurs, toutes filles d'une seule mère!... Quand la reine meurt, nous en attendons une nouvelle: elle descend du ciel et s'asseoit sur notre pierre…

– Qu'est-ce qu'une pierre? demandèrent les fourmis.

– Vous le saurez bientôt. Elle s'asseoit; les guerriers vont la chercher et la proclament pour reine. On introduit la nouvelle reine dans ses appartements et elle commence aussitôt à pondre. Oh, il n'y a rien de supérieur à notre fourmilière! Nous sommes toutes libres, et chacune de nous peut quitter la ville, si elle le veut. Elle n'a qu'à prévenir, alors on lui arrache les mandibules, les antennes et toutes les pattes, parce que ce sont des instruments de travail et que les fourmis n'ont rien à elles, tout ce qu'elles possèdent appartient à la fourmilière. Ensuite, par exemple, elle peut aller où il lui plaît; cependant une fois qu'elle a franchi le seuil de la fourmilière, elle n'est plus des nôtres, c'est une ennemie, aussi les guerriers se jettent-ils sur elle pour la mettre en pièces.

– Oh! oh! crièrent avec terreur sur tous les tons les jeunes fourmis.

– Oui, la liberté, l'égalité et la fraternité sont le fondement de notre constitution! continuait la vieille fourmi.

– Je ne savais pas cela, quand j'étais dans mon oeuf, grommela la plus petite; si je l'avais su, je n'en serais jamais sortie!

– Tu es une sotte et une petite raisonneuse. Crois-moi, il n'y a rien de plus beau et de plus juste que nos lois, et si tu te permets encore de ces réflexions, je te ferai faire connaissance avec mes mandibules! dit sévèrement la maîtresse.

La petite se tut.

La vie des insectes

– Vous ne verrez plus la reine-mère, à moins que, pour des services exceptionnels, on ne vous nomme guerriers, et puis fourmis de la Cour. Depuis que j'existe, deux ouvrières seulement ont éjé honorées de cette grande dignité, mais alors on vous crèvera les yeux…

– Oh! oh! s'écrièrent les fourmis, mais ça fait mal!

– Il n'y a pas de douleur pour une fourmi, et je vous le conseille, ne témoignez aucune crainte de la souffrance ou de la mort, car vous en seriez déshonorées pour toute votre vie! Vous devez supporter avec plaisir qu'on vous crève les yeux, qu'on vous écrase, qu'on vous déchire en petits morceaux pour la fourmilière!

– Non, grommela de nouveau la fourmi boiteuse, décidément ce n'était pas la peine de naître…

Mais elle n'acheva pas, car la vieille fourmi la pinça très fort.

– Maintenant, allons, je vais vous faire faire connaissance avec le monde! dit-elle.

Elles sortirent de leur chambre et se traînèrent de nouveau dans d'immenses galeries.

– Ne restez pas en arrière, ne restez pas en arrière, saluez les guerriers! leur criait le capitaine de la compagnie; et elles étaient obligées de fléchir les genoux à chaque moment, et les pattes leur faisaient bien mal.

Enfin elles atteignirent la sortie. Le capitaine présenta à l'officier de garde à l'extérieur de la fourmilière son laissez-passer; on compta sa compagnie, on prit le signalement des fourmis et enfin on les laissa sortir par une petite porte.

*

L'éclatant soleil, l'air frais (dans la fourmilière tout est imprégné de l'odeur âcre de la fourmi), l'herbe verte, qui se dressait devant elles comme un mur gigantesque, le parfum des fleurs, les chansons des oiseaux, le bourdonnement des insectes grisèrent la jeunesse. D'abord les fourmis se débandèrent; puis toutes, joyeuses, se mirent à danser, sans écouter les cris du capitaine, et commencèrent à se disperser dans toutes les directions pour jouir dans l'herbe verte des chansons des oiseaux, se chauffer au soleil, prendre un peu de bon temps… Mais le guide avait de l'expérience: il savait qu'il en est ainsi de toutes les fourmis, quand elles sortent pour la première fois. Il appela ses camarades et ceux-ci, entourant les petites fourmis vagabondes, les pincèrent avec un ensemble parfait, ce qui les ramena à leur état normal.

– Écoutez le commandement : garde à vous ! cria le guide à tue-tête.

Les fourmis obéirent.

– Si quelqu'une de vous fait la mauvaise tête ou cherche à s'enfuir, dit le capitaine, qu'elle sache que les gardes entourent notre cité de trois lignes de postes, et qu'elle ne pourra aller plus loin que ce brin d'herbe sans laissez-passer. On l'attrapera et on la punira exemplairement… Marchez derrière moi !

Et il gravit le remblai de sable jusqu'à la pierre grise.

– C'est notre pierre ! Elle est tombée du ciel spécialement pour nous, fourmis, afin que nous puissions construire sous elle une fourmilière, expliqua le capitaine à sa compagnie… Eh bien ! maintenant, marchez derrière moi.

Elles le suivirent. C'était très difficile ; quoique beaucoup de chemins sablés menassent en haut à travers la mousse rognée et soigneusement nettoyée, le trajet était si long, le soleil si brillant, que leurs forces étaient épuisées. Elles atteignirent enfin le sommet de la pierre.

– Voilà l'univers, dit la vieille fourmi, en montrant tout ce qui l'entourait.

Le tableau qui se déroulait devant elles était magnifique : à perte de vue s'étendait une forêt d'herbe, agitée par un vent léger ; au dessus voltigeaient des papillons multicolores, des fleurs magnifiques étincelaient parmi la sombre verdure et cette verdure se confondait dans l'éloignement avec le ciel azuré. Les fourmis étaient debout en extase, muettes, oubliant leur fatigue.

– Oh ! que l'univers est grand ! s'écrièrent-elles.

– Oui, il est immense et magnifique… et tout cela n'existe que pour nous, fourmis ; parce que nous sommes les reines de la nature, les plus parfaites et les plus intelligentes de toutes les créatures ! leur dit le vieux guide.

L'endroit où elles se trouvaient était plat, forge, semé de sable blanc, et des centaines de chemins rayonnaient autour de la pierre. C'est là qu'avaient lieu d'habitude les parades et les revues.

– Restez debout sous le soleil ! disait le commandant de la compagnie ; il faut que vous deveniez aussi noires que moi : jusque-là vous ne serez pas encore de vraies fourmis… La lueur qui tombe sur nous, continua-t-il, vient d'une fourmilière céleste… Des fourmis d'or et d'argent demeurent là ; il y a parmi elles des guerriers et des ouvrières. Quand les fourmis d'or sortent, c'est le jour qui vient, et quand elles s'en vont et que les fourmis d'argent paraissent à leur tour, la nuit arrive ; les ouvrières d'argent se dispersent par tout le ciel pour se procurer des vivres, comme nous le faisons. Personne de nous n'a été parmi celles-là dans le ciel… il n'y a que les reines qui nous arrivent de là, et c'est pourquoi elles seules peuvent pondre. Maintenant votre instruction est terminée. Vous êtes devenues noires et presque tout à fait convenables… Dans un instant je vais vous remettre à une inspectrice et on vous emploiera aux travaux de terrassement.

Et la vieille fourmi reconduisit sa compagnie.

*

Alors la vie de travail commença.

Du matin jusqu'à la nuit, elles transportaient de la terre, des feuilles mortes et des brins d'herbe. On leur donnait en revanche le plus maigre dîner. Les inspectrices les pinçaient pour la moindre vétille et les admonestaient sévèrement. Souvent, pendant le percement des souterrains, la terre s'éboulait et écrasait quelques douzaines d'ouvrières. Comme elles enviaient les guerriers ! Il leur semblait qu'ils ne faisaient rien pour mériter tant d'honneurs, ils ne faisaient que manger et se promener dans la fourmilière.

Mais les guerriers avaient aussi leurs charges : les officiers les punissaient sans pitié pour la malpropreté de leurs armes et pour le moindre écart. La plus faible résistance d'une fourmi de compagnie, une expression de mécontentement étaient sur-le-champ punies de mort, la coupable était mise en pièces par ses camarades elles-mêmes… Point de repos, ni jour ni nuit : les gardes aux innombrables portes de la fourmilière, les alertes, les parades et les revues ne leur laissaient ni loisir ni tranquillité.

La vie était surtout dure pour la petite fourmi boiteuse. Elle était débile et toujours on la taquinait, on la bousculait, on la blessait.

Tout allait de mal en pis. Les ouvrières se querellaient et se battaient les unes avec les autres ; chaque caste de la fourmilière haïssait les autres. Les ouvrières détestaient les guerriers, et réciproquement. La même haine existait aussi chez les subordonnés contre leurs chefs. Les inspectrices et les officiers retenaient pour eux une partie des provisions livrées pour leurs compagnies. Les guerriers et les ouvrières affamés se révoltaient constamment. Il ne se passait pas une journée sans rixe dans les galeries. On racontait les révoltes d'ouvrières des années précédentes. Souvent une moitié de la fourmilière mangeait l'autre… Une fois les fourmis aveugles de la Cour se révoltèrent, dévorèrent la reine et les satellites… Alors la garde extérieure entra dans le palais et à son tour dévora les fourmis de la Cour. C'était un temps d'interrègne et de guerre civile. Enfin les guerriers partirent en guerre et, après avoir pris d'assaut la fourmilière voisine, ils enlevèrent sa reine et l'amenèrent dans leur cité.

Les fourmis malades et vieilles étaient exterminées sans pitié, par mesure d'utilité générale… Et cependant chaque soir, avant de dormir, toutes les ouvrières devaient chanter en chœur un hymne, composé depuis longtemps par le fondateur de la fourmilière.

« Il n'y a rien de plus intelligent que la fourmi ! Il n'y a pas de vie plus heureuse que celle qu'elle mène ! Tout l'univers lui appartient !

« La liberté, l'égalité et la fraternité règnent dans notre fourmilière ! Nous sommes toutes, soeurs, toutes nous sommes les enfants d'une même mère !… »

Quand, la nuit, la boiteuse, — les ouvrières la dénommaient ainsi, — fatiguée, ayant des crampes aux mandibules par suite de la fatigue que lui causait le transport des fardeaux pendant une longue journée d'été, était couchée au milieu de ses sœurs, qui ronflaient dans la chambrée mal aérée sur des feuilles sèches, de sourds sanglots lui déchiraient la poitrine, une anxiété terrible lui serrait le cœur. Elle rêvait au sourire de la reine-mère ! Oh, la voir de nouveau ! Oh, se presser sous son aile !

Elle rêvait souvent à cette céleste fourmilière d'or, dont leur avait parlé la vieille fourmi. Elle rêva que, des ailes lui ayant poussé, elle s'élevait très haut, plus haut que le plus haut brin d'herbe, et montait vers le ciel d'azur, où les fourmis d'or venaient à sa rencontre… Leurs ailes bruissaient, elles la saluaient et la caressaient.

Une fois, pendant une fête (chez les fourmis, les jours de fête, les travaux finissent à midi et le reste de la journée les ouvrières peuvent se promener librement dans la fourmilière et ses environs), elle était assise sur le pétale bleu d'une campanule… Le vent là berçait très doucement. Elle voyait de là toute la fourmilière et ses alentours. Toutes les ouvrières étaient ivres-mortes. Elles roulaient, se battaient et chantaient d'une voix avinée l'hymne national. Ce jour-là, on leur avait permis d'aller sur un pied de jusquiame, croissant non loin de la cité et gardé ordinairement par un fort détachement de guerriers. Les ouvrières s'enivraient du jus de cette plante. Elles en revenaient rondes comme des balles, on pouvait compter les anneaux de leur ventre.

Ce jour-là, tous les guerriers étaient consignés, parce que les révoltes du peuple se produisent le plus souvent pendant les fêtes.

Mais on ne pouvait pas toujours répondre des guerriers, quoiqu'il y eût pour eux des fêtes spéciales à certaines époques et pour chaque partie de l'armée.

Les chefs avaient déjà voulu plusieurs fois extirper l'ivrognerie, qui faisait toujours beaucoup de victimes, tuées ou estropiées; mais toutes les défenses étaient inutiles, des insurrections générales éclataient et on était obligé de tuer la moitié de la population pour les apaiser... Les chefs désespéraient d'autant plus du succès, qu'ils souffraient aussi de ce vice...

Mais la boiteuse ne buvait pas, malgré toute l'insistance de ses camarades, elle restait inébranlable. Assise dans sa guérite, elle voyait avec dégoût les ivrognes chanceler.

– Il n'y a rien de supérieur aux fourmis, chantaient-elles, nous sommes toutes égales et l'univers nous appartient.

Elle se détourna et se mit à regarder au loin... Le soleil se couchait. Ses rayons filtraient à travers le réseau des fleurs et des brins d'herbe, comme des filets d'or..., puis il se cacha tout à fait. Les couleurs du ciel commencèrent à s'assombrir, et bientôt les premières étoiles se montrèrent:

– Voilà les fourmis d'argent qui sortent, pensa la boiteuse.

Bientôt la lune se leva derrière la forêt d'herbe.

– Leur fourmilière nage sans doute sur une grande feuille de fougère, songeait-elle, comme ces feuilles sèches que j'ai vues nageaient dans ce lac auprès duquel nous avons travaillé, il n'y a pas longtemps.

Ce lac se trouvait non loin de la fourmilière, et il était si grand, qu'un millier de fourmis se tenant par les pattes n'auraient pu l'entourer... La fourmi regarda la lune, les innombrables étoiles, et tout à coup une pensée traversa son cerveau comme un éclair:

– Si l'on allait tout droit, là-bas, où le ciel touche les cimes de la forêt, on n'aurait plus qu'à grimper un peu pour atteindre la céleste fourmilière.

Cette pensée la mit dans une si grande joie, qu'elle faillit tomber de la campanule, la tête en bas, ce qui eût été certainement très malheureux.

La fourmi réfléchit toute la nuit, sans fermer l'œil, et, au matin, elle avait déjà son plan bien arrêté. Elle confia d'abord son idée à ses camarades de chambrée, le soir, tout bas à l'oreille, parce qu'elle avait peur des inspectrices qui épiaient toujours les ouvrières. Ses camarades la raillèrent : était-il possible de monter jusqu'au ciel ? Et elles riaient comme des folles. Mais une d'elles devint pensive.

Un soir qu'il n'y avait rien à faire, elle appela la boiteuse et elles montèrent ensemble sur fa pierre ; de là, on dominait le monde entier.

– Vois-tu, vois-tu, murmura avec passion la boiteuse en montrant l'horizon.

En effet, le ciel se confondait là-bas avec la terre.

– Il n'y a qu'à aller jusqu'à ce haut brin d'herbe, qui touche au ciel même.

– Mais c'est très loin ! lui dit sa compagne.

– C'est loin ? qu'est-ce que cela fait ? En tous cas, il n'y a pas plus de dix jours de voyage, répondit la boiteuse avec conviction ; fais le compte : jusqu'à ce brin, trois cents pas, de ce brin à la campanule, cinq cents pas… Elle compta : cela faisait même moins de dix jours ! Et d'ailleurs, le coup d'œil d'une fourmi ne peut la tromper.

– Mais, pour cela, il faut quitter la fourmilière !

– Eh bien, nous la quitterons. Pourquoi rester ici, creuser la terre, lorsqu'on peut, sans peine et sans souci, vivre là-haut dans le ciel ? Là, les ailes nous pousseront, nous commencerons à pondre, nous serons d'argent et les guerriers seront d'or ! Chacune de nous aura sa reine !

Et elle se mit à décrire la fourmilière céleste, comme si elle y avait été.

– Mais qui voudra te suivre ? s'écria sa compagne ; qui te laissera sortir de la fourmilière ? On te mangera aussitôt qu'on aura entendu tes paroles insensées.

– Tout le monde viendra avec moi ! déclara la fourmi.

À partir de ce moment, elle commença à prêcher et, peu à peu, gagna une trentaine de partisans. Les inspectrices commencèrent à remarquer quelque chose d'anormal : chuchotements dans les coins, extase des visages, nonchalance des mouvements…

Ses partisans conseillaient à la boiteuse de partir ouvertement ; alors on la soutiendrait, les ouvrières se révolteraient, égorgeraient les soldats et quitteraient la fourmilière.

– Le peuple est affamé, mécontent, il ne s'est pas soulevé déjà depuis longtemps, le succès est certain, lui disait-on.

La boiteuse hésita longtemps. Une fois elle eut un songe. Elle rêva qu'une fourmi d'argent avec des ailes d'or descendait du ciel et lui reprochait sa négligence :

– Fais connaître au peuple notre volonté, déclarait-elle, dis-leur que tout est prêt, qu'il n'a qu'à se mettre en route !

La boiteuse raconta ce rêve à ses camarades, et elles décidèrent de commencer l'émeute le jour de la prochaine fête.

Ce jour arriva enfin. La veille, la boiteuse avait prié toute la nuit. Puis quand, les ouvrières, après avoir bu, commencèrent à faire du bruit, articulant tout haut leurs sujets de mécontentement, les partisans de la boiteuse annoncèrent la nouvelle prophétesse.

– Elle nous fera sortir d'ici ! affirmaient-ils, elle nous conduira dans un royaume de lumière, de vérité et de justice !...

– Quelle est cette prophétesse et où est ce royaume ? demandèrent les ouvrières.

Alors, la boiteuse s'avança. On l'accueillit d'abord avec des sourires et des moqueries, car sa figure ne prévenait pas en sa faveur ; mais la boiteuse commença à parler, et on se pressait autour d'elle. Les inspectrices essayèrent de disperser ces attroupements, mais on ne les écouta pas.

Cependant les guerriers ne bougeaient pas, attendant la suite. La fourmi parlait avec enthousiasme, et le feu de son discours enflamma tout le monde, d'autant plus qu'on était déjà sous l'influence de la boisson.

Aussitôt que la boiteuse eut terminé, on la porta en triomphe, criant :

– Vive notre reine ! Quittons la fourmilière ! À bas les inspectrices ! À bas les guerriers ! Allons vers les fourmis d'or !

En entendant ces cris, la garde se précipita sur la foule et là lutte commença. Les guerriers mettaient en pièces les ouvrières, mais celles-ci ne perdaient pas leur temps non plus…

L'émeute grandissait. Des foules d'ouvrières accouraient de tous les côtés au secours des insurgés.

Comme une petite étincelle peut allumer un grand incendie, ainsi la révolte, d'abord insignifiante, gagna bientôt la fourmilière.

Contes russes du XIXe siècle

– Mort aux tyrans! Sortons de la ville! Allons dans notre céleste patrie! criaient les ouvrières.

On massacrait partout, à l'intérieur et. à l'extérieur, dans les sombres galeries, dans les salles étroites…

Partout gisaient des tas de cadavres, partout des blessés gémissaient. Les ouvrières avaient cet avantage, qu'elles étaient plus nombreuses que les guerriers; mais ceux-ci, grâce à leur force et à leur discipline, auraient fini par triompher des révoltés, si une émeute n'eût éclaté dans les rangs mêmes de l'armée: des régiments entiers passaient aux insurgés.

Les officiers perdaient la tête. Les soldats n'écoutaient plus les commandements, tiraient sur leurs chefs…

Tout était perdu.

Bientôt le massacre cessa. Les ouvrières et leurs guerriers pillaient les magasins. Celles qui, les premières, avaient commencé la révolution, se réunirent dans la grande salle, formèrent un gouvernement provisoire, à la tête duquel se trouvait la boiteuse, et délibérèrent sur le parti à prendre. À l'intérieur seulement, auprès des appartements de la reine, la lutte continuait. Quelques sujets jusqu'au bout fidèles à la reine et à la constitution combattaient avec le courage du désespoir… Le chef de l'armée lui-même, —une très grande et très vieille fourmi, qui avait déjà vu plus d'une révolte, — repoussait avec le reste de ses guerriers les ouvrières qui s'avançaient. Elle était tranquillement debout, encourageant les siens, et celles qui osaient s'approcher d'elle étaient immédiatement coupées en deux par ses formidables mandibules. Dans les galeries de la Cour, tout était déjà fini.

On massacra, sans peine les dignitaires aveugles de la Cour et les satellites. La dernière heure de la vieille fourmi était arrivée: les ouvrières survinrent par la galerie de derrière, démontèrent les poutres amassées à l'entrée, et se jetèrent sur cette poignée de braves…

Alors le général en chef dit à ses camarades:

– Mes enfants!… tout est fini, notre reine est prisonnière! Mourons en sujets fidèles de la fourmilière. En avant! Suivez-moi!

Et chantant une vieille chanson guerrière des fourmis, la chanson qu'on chantait en montant à l'assaut, il se rua en avant.

Mais il n'y avait plus personne derrière lui; — tous ses camarades étaient tombés au champ d'honneur. On entoura le héros. Des milliers de mandibules s'enfoncèrent dans son corps; enfin une toute petite ouvrière réussit à lui trancher net la ceinture.

On piqua sa grosse tête à un brin d'herbe et on l'exhiba sur un boulevard, où le peuple buvait et chantait. Et les guerriers crachaient sur la tête de leur ancien chef.

Le lendemain matin, on rassembla le peuple sur la pierre qui devint toute noire des centaines de fourmis qui la couvraient.

– Citoyennes ! disait la boiteuse, le ciel nous protège, la victoire est à nous ! Beaucoup d'entre nous sont tombées sur le champ de bataille, mais le sang de ces victimes a payé notre rançon ! Regardez ! — et elle montrait l'horizon, — là le ciel se confond avec la terre ! Là se trouve le chemin qui mène vers la fourmilière d'or ! En avant, amis, en route !

– En route ! en route ! vive notre reine, vive notre libératrice ! s'écrièrent beaucoup de fourmis, mais non pas toutes.

Quelques-unes en effet se séparèrent des autres, annonçant qu'elles allaient rentrer dans la fourmilière.

– Que la reine nous désigne une vice-reine provisoire, et quand elle aura atteint le pays céleste, qu'elle nous envoie un messager aux ailes d'or : alors nous viendrons tout de suite.

– Qu'il en soit ainsi ! dit la boiteuse.

Et elle ordonna tous les préparatifs pour le voyage. On devait se mettre en route le lendemain avec l'aurore.

Toute la journée, ce fut un grand remue-ménage. Les guerriers nettoyaient leurs armes, les ouvrières préparaient les provisions pour le voyage. Tout le monde travaillait et chacun s'entr'aidait. Toutes les petites querelles étaient oubliées. La fourmilière chanta un nouvel hymne, composé par un aveugle de la Cour, le seul qui eût survécu de tous les serviteurs de la reine.

Contes russes du XIXe siècle

« Frères ! allons où les ailes poussent à la fourmi !

« Le ciel nous ouvre ses portes, nous serons couvertes d'or et d'argent ! En avant ! Gloire à notre reine ! »

Et la reine se rendit dans ses appartements.

La garde, qui veillait à l'entrée, la salua.

Elle s'y rendit par cette même galerie où elle s'était traînée jadis derrière la vieille fourmi, chef de compagnie.

La grande salle était désérte. Les cadavres des satellites gisaient encore à la porte.

La boiteuse passa de salle en salle. Tout était pillé, saccagé, éclaboussé de sang… Les oeufs avaient été foulés aux pattes dans le sable. Enfin, dans la dernière chambre, elle vit la reine-mère, et son cœur palpita…

Elle était assise seule sur son trône autour duquel gisaient encore des tas de. cadavres : c'étaient ses défenseurs, les gens de la Cour, tombés en la défendant. Elle était assise, fixant ses regards dans la direction de la nouvelle reine, mais il semblait qu'elle ne la remarquât point.

– La reine, dit la boiteuse, permettra-t-elle à son esclave de causer avec elle ?

– Qui es-tu ? demanda la vieille souveraine.

– Je suis la nouvelle reine de cette fourmilière, répondit la boiteuse.

La reine se leva et se dressa de toute sa hauteur.

Ses ailes transparentes se développèrent royalement.

– Ah ! c'est toi, pillarde ! s'écria-t-elle, c'est toi qui as fait massacrer mes enfants, meurtrière de mes serviteurs, de mes satellites ! Que veux-tu encore de moi ? Parle, chienne avide de sang ! Me traîner dans ton nid souillé, pour que je te fasse des enfants ; pour que je te donne, à toi, mon ennemie, des ouvrières et des guerriers ! Mais je ne suis ni ne serai jamais esclave ! Tu ne me verras jamais dans ta fourmilière, je mourrai sur ce trône !

– Reine, je ne suis pas une usurpatrice, je suis ta fille ! Je suis de ton peuple, et élue par lui ! Je ne suis pas venue pour te traîner en esclavage, mais pour délibérer.

– Tu mens, fourmi ! Tu n'es pas ma fille ! Mes enfants ne se seraient pas révoltés contre moi, ils n'auraient pas tué leurs sœurs qui n'ont pas vu la lumière, qui n'ont pas encore déchiré leurs blanches enveloppes ! Ils ne m'auraient pas abandonnée à ma vieillesse solitaire et déshonorée… Je te connais, tu es de là race des ravisseurs roux, tu es de cette fourmilière située près du vieux saule ; quand j'ai pris mon vol, j'ai failli tomber chez vous, chiennes sanguinaires !

– Je suis ta fille, s'écria avec désespoir la fourmi.

Elle tomba à ses pieds et continua en sanglotant :

– Vous êtes ma mère ! vous m'avez mise au monde ! regardez-moi, je suis la fourmi boiteuse. Vous n'en avez eu qu'une seule…

– Tu mens ; quoique je ne te voie pas, parce que mon long séjour dans les ténèbres de la fourmilière m'a rendue aveugle, je sais que tu n'es pas elle, je sais que ma fille, qu'on voulut tuer parce qu'elle était difforme, et que j'ai ordonné de laisser vivre, ne se serait jamais révoltée contre sa mère ! Et d'ailleurs celle-là était une simple ouvrière et tu es une guerrière…

– Écoutez, alors ! dit la boiteuse, se levant — je ne suis ni une guerrière, ni votre fille ; mas je suis comme vous de la race des rois : ma patrie, c'est la fourmilière d'or ! Je suis venue en volant, comme vous, mais je ne veux pas rester ici ; j'emmènerai mon peuple avec moi et vous viendrez avec nous… Mais ici la reine se mit à rire :

– Tu n'es donc pas une guerrière, tu es une simple ouvrière, une esclave ! Va-t-en, tu sens la sueur ! Ah ! ah ! ah ! la malheureuse, comme elle est mal tombée ! Elle est de la fourmilière d'or ! Ah ! ah ! ah !

– De quoi riez-vous, reine ? s'écria la boiteuse avec étonnement.

– Je ris parce que les ouvrières seules croient à ce conte fait pour le bas-peuple, afin qu'il travaille et qu'il nous obéisse, à nous les reines ! Oh, sotte que tu es ! Jamais je ne suis tombée du ciel. Je me suis envolée un beau matin de cette fourmilière, avec mes frères et mes sœurs. Nous avons volé très haut, mais le ciel était encore plus haut que nous ; les alouettes mêmes ne peuvent s'en approcher… Nous nous reposâmes sur les fleurs et ici, dans le calice d'une camomille des champs, j'ai rencontré mon roi, mon mari… certes il était mieux que toi, rustaude, mais il n'était pas non plus tombé du ciel… Nous nous sommes aimés ; mais, ouvrière misérable, peux-tu comprendre ce que c'est que l'amour ! Après, je suis revenue dans ma fourmilière pour être reine.

– Vous êtes folle, s'écria la fourmi effrayée ; vous n'êtes donc pas arrivée du ciel ? il n'y a pas de Fourmis d'or ?

– Suis-moi ! dit la reine.

Et elle la conduisit par un long passage étroit, qui était si bien dissimulé par des feuilles sèches, que les fourmis ne l'avaient pas remarqué. Elles marchaient dans l'épaisseur même de la pierre et bientôt elles atteignirent une large grotte. Il y avait là une fente par laquelle une faible lueur pénétrait. Sur une molle litière, dans cette grotte, étaient couchés de très grands oeufs foncés.

– Voilà d'où proviennent les rois et les reines ! dit la mère des fourmis ; mais ne te réjouis pas, tu ne les auras pas. Hier, pendant l'insurrection, comme vous étiez très nombreux, et que peut-être mes guerriers me trahissaient, quand j'ai entendu le bruit de la bataille, quand tous mes satellites et mes serviteurs ont été tués, je me suis enfuie ici et j'ai tué, moi-même mes enfants, afin qu'ils ne soient pas esclaves… Sache-le, toi tu aurais-pu devenir princesse, si ta mère (gloire à elle de t'avoir laissée serve) n'eût pas arrêté exprès ton développement. Apprends-le et souffre toute la vie : tu es sans sexe, difforme, — et tu aurais pu être reine ! Mais nous ne l'avons pas voulu : si tout le monde était roi, il n'y aurait plus personne pour travailler et faire la guerre…

Et la reine se dirigea rapidement vers l'allée. La boiteuse courut après elle. Elles sortirent. La reine s'assit au soleil, respirant à pleins poumons ; enfin elle prit son vol. Mais le vent l'entraîna et comme ses ailes, par l'inaction, avaient perdu leur force d'autrefois, elle ne put lutter contre lui ; le vent l'enleva et la rejeta sur la pierre, où elle se tua…

Elle était couchée sur le dos avec des ailes largement écartées, et de son sein déchiré coulait un sang chaud, qui arrosait la pierre…

Le temps passait. La fourmi boiteuse était assise immobile auprès du cadavre de sa mère, ne la quittant pas des yeux.

Ses sujets la trouvèrent là. À toutes leurs questions, elle garda le silence ; on voulut l'emmener, elle s'échappa et s'assit de nouveau auprès du cadavre.

Les fourmis délibérèrent longtemps et décidèrent enfin qu'elle était devenue folle ; alors, selon la coutume, elles tuèrent leur nouvelle reine à coups de mandibules.

– Elle n'a pas pu supporter la mort de sa mère ! disaient-elles.

Toutefois elles n'abandonnèrent pas leur dessein ; elles choisirent sur-le-champ pour chef un des plus zélés partisans de la boiteuse et le lendemain elles se mirent en route. Touchants furent les adieux de celles qui restaient. Elles les accompagnèrent longtemps, puis du haut des brins d'herbe elles leur faisaient des signes, criant :

La vie des insectes

– Souvenez-vous, n'oubliez pas; aussitôt que vous arriverez au ciel, envoyez-nous un messager aux ailes d'or !

– Mais certainement, c'est entendu, répondaient les voyageuses.

Elles se mirent en marche: sur quatre rangs, les guerriers au milieu, dans le carré formé par les rangs, marchaient les ouvrières, chargées de provisions. Elles étaient dix mille à peu près. Elles marchaient gaîment, elles chantaient. Les vivres abondaient. Mais dix jours passèrent, puis dix encore, et nulle part on ne voyait la fin de la forêt d'herbes. Les chefs montèrent maintes fois sur les plus hauts brins, et toujours le but leur apparaissait à la portée de leurs pattes !

– Le coup d'œil de la fourmi ne la trompe pas, disaient-elles. Encore un effort jusqu'à ce petit monticule; de là on atteindra cet arbuste, et voilà tout de suite la fin…

En vain, elles ont atteint le petit monticule et escaladé l'arbuste, elle n'ont pas vu la fin…

On ne peut décrire tout ce que souffrirent les fourmis pendant ce voyage; il suffit de dire qu'elles n'avaient plus de provisions, et qu'elles étaient obligées de vivre de rapines, attaquant les fourmilières qui se trouvaient sur leur route. Elles avaient déjà perdu plus de la moitié de leur effectif, en comptant celles qui étaient restées en arrière, mortes de faim, de maladie, d'ivresse ou tuées pendant les assauts ou les attaques imprévues de l'ennemi, — quand elles arrivèrent enfin à une grande perche, que les paysans enfoncent dans les prairies quand ils se disposent à les faucher et qu'ils appellent une balise. Elles grimpèrent jusqu'à la cime et poussèrent des cris de stupéfaction.

Contes russes du XIXᵉ siècle

La forêt d'herbes était finie, mais une vraie forêt qui bleuissait dans le lointain se dressait jusqu'au ciel, comme une montagne.

Elles décidèrent d'envoyer une compagnie à la découverte et campèrent pour se reposer et laisser les blessés se rétablir.

De tous les envoyés deux seulement revinrent, couverts de poussière et de sang...

Ils racontèrent qu'ils avaient rencontré à la lisière du bois des fourmis géantes, au moins cinq fois plus grandes que le plus grand de leurs guerriers... Et leur fourmilière était haute comme une montagne...

Toute la compagnie avait été mangée par les géants de la forêt, eux seuls avaient pu se sauver.

Tout le monde reconnut que ces fourmis gardaient l'entrée du ciel et que cette impie et téméraire tentative devait finir ainsi.

Ce n'était pas en vain que la reine et la boiteuse avaient péri! C'était un avertissement!

Elles décampèrent donc le plus vite possible et revinrent sur leurs pas. Triste était ce retour au pays natal. Des dix mille partants, mille à peine restaient. Les maladies sévissaient avec rage... Des querelles continues les affaiblissaient encore: elles massacrèrent leurs chefs, en élurent d'autres qu'elles tuèrent à leur tour.

Enfin elles se divisèrent en trois bandes: l'une alla vers le sud et en partie périt de faim, en partie fut détruite par les ennemis. Les deux autres se réunirent bientôt; mais déjà très affaiblies, — des choses horribles se passaient — elles se mangeaient les unes les autres...

Lamentables, amaigries, blessées, les survivantes s'approchèrent de leur cité, mais rien n'en subsistait plus.

La pierre avait été jetée de côté et la fourmilière était détruite.

On voyait cependant qu'après ce désastre les habitants avaient tenté de remettre un peu les choses en état. On avait commencé beaucoup de galeries, on avait bâti des murs maintenant à moitié démolis par les pluies.

Quelques débiles ouvrières sortirent des ruines. Elles s'approchèrent en chancelant de la compagnie et, n'ayant plus la force de parler, montrèrent le pied de jusquiame, qui se trouvait tout à côté; là gisaient d'innombrables cadavres de fourmis coupées en morceaux. Les malheureuses avaient trop bu et les ennemis, survenant à l'improviste et livrant l'assaut, les avaient surprises et mises à mort... La colonne campa sur les ruines.

La vie des insectes

L'automne touchait à sa fin, une pluie froide tombait, le vent soufflait du nord. Toute la prairie était fauchée ; ni fleur, ni brin d'herbe… Rien il manger.

La colonne n'avait plus de chef, tous étaient égaux devant et par la faim. Par une, par trois, par dix, les fourmis allèrent de divers côtés à la recherche des vivres et d'un abri…

C'est ainsi que périt la plus parfaite des fourmilières.

Vassili
Avenarius

Pluchette

I

Comment Pluchette vint au monde

Il y avait dans un beau jardin un grand rucher; dans ce rucher de nombreuses ruches; dans l'une de ces ruches des rayons; dans ces rayons, des alvéoles; dans ces alvéoles, du miel ou des petits œufs blancs, et dans ces petits œufs blancs la future génération – les petites abeilles de l'avenir. Elles étaient couchées dans les alvéoles comme dans de jolis berceaux douillets et bien chauds. Elles dormaient profondément. Un beau jour l'un des bébés s'éveille, fait un mouvement et brise sa coquille. Devinez ce qu'il y avait dedans... Une abeille, direz-vous? Non, pas encore; ce n'était qu'une larve, c'est-à-dire un petit ver blanc dont la tête était cornée et le corps divisé en anneaux. À peine le bébé eut-il le temps de passer la tête hors du berceau, qu'une grande abeille, sa Nounou, accourut auprès de lui et lui offrit avec sa trompe quelques gouttes du miel le plus fin. C'est avec un grand plaisir que le bébé dégusta ce miel délicat et parfumé, qui lui donnait des forces et le faisait grandir.

Une semaine entière se passe ainsi, puis vient le moment où le petit ver doit se transformer en chrysalide. Sur sa lèvre inférieure on aperçoit un fil pareil à celui que prépare l'araignée lorsqu'elle veut tisser sa toile. Ce fil, qui se déroule au fur et à mesure, il l'entortille autour de son corps, si bien que le voilà complètement disparu, comme s'il s'était enroulé clans une couverture.

« Voyez-vous le petit fripon, comme il s'est emmailloté, observe la Nounou. Il veut encore faire dodo. C'est parfait! Dors, mon chéri, tant que tu voudras, et pour qu'on ne te .dérange pas, je vais te couvrir encore mieux. »

Contes russes du XIXe siècle

Et elle. pose aussitôt sur l'alvéole une petite couche de cire en guise de toit. La petite chrysalide dort ainsi à côté d'autres chrysalides, couchées chacune dans leur cellule et recouvertes par leurs Nounous d'un toit de cire. Pendant deux semaines elles sont plongées dans le plus profond sommeil. Toc toc, qui frappe, qui gratte là-bas? Ah! c'est la première chrysalide qui s'éveille après son long repos; mais, ce n'est plus une chrysalide. Cette fois c'est une jolie petite abeille qui veut se faire voir clans toute sa perfection. Elle a des yeux,·une trompe, des pattes et des ailes. Impatiente de quitter sa cellule, elle pratique une ouverture clans le toit de cire, introduit ses pattes de devant clans cette ouverture, appuie celles de derrière contre le fond de la cellule, prend son élan, et la voilà sortie.

« Bonjour, ma mignonne. Comment as-tu dormi, lui demande la Nounou avec sollicitude? Oh! mais que vois-je, tu as un duvet magnifique! À voir ta fourrure si soyeuse, ton nom est tout indiqué : tu t'appelleras désormais Pluchette! »

La petite abeille n'avait pas un poil beaucoup plus touffu que ses compagnes ; nous autres hommes nous n'aurions jamais pu nous en apercevoir, mais les abeilles savent bien s'apprécier entre elles, et le nom de Pluchette fut dévolu à l'unanimité à notre jeune amie. Le premier soin de la Nounou fut de faire sa toilette, la laver et la peigner, ce qui, chez les abeilles veut dire, lécher, tirer et redresser le duvet. Le miel doré fut le premier repas de Pluchette, qui se sentit toute réconfortée ; et la Nounou décida qu'elle pouvait la conduire prendre l'air sur le seuil de la porte, près de l'ouverture de la ruche.

Pluchette fut obligée de fermer les yeux, tant elle était éblouie par les rayons du soleil. Lorsque, petit à petit, elle s'habitua à la lumière, elle poussa un cri d'admiration. C'était la première fois qu'elle voyait la belle ·verdure autour d'elle et le ciel bleu au-dessus de sa tête. Quelle douce chaleur lui envoyait le soleil, quel suave parfum répandaient dans l'air les plantes et les fleurs !

« Comme te voilà émue et attendrie ! Tu trouves donc, ma chérie, la vie autour de toi bien belle, bien agréable ?

– C'est splendide ! C'est merveilleux !... Aïe, aïe, qu'est-ce donc ? » s'écria tout à coup Pluchette épouvantée.

Elle venait d'apercevoir une masse énorme, plantée sur deux pieds, qui passait à côté d'elle. La Nounou éclata de rire.

La vie des insectes

« Pourquoi t'effrayer ainsi, mon enfant, dit-elle. C'est notre meilleur ami, notre propriétaire, notre gardien. C'est à lui que nous devons tout notre bien-être, c'est lui qui a organisé notre belle ruche ; c'est lui aussi, qui, avec une sollicitude toute paternelle, nous descend dans la cave, pour nous préserver du froid, en hiver. Il est vrai qu'il nous exploite un peu, en automne ; sais-tu comment ? Il nous fait sortir de la ruche, en répandant autour de nous une fumée épaisse ; puis il s'empare d'une bonne moitié de nos rayons. D'ailleurs, ce n'est que justice. N'est-ce pas naturel qu'il ait aussi son profit ? Puisqu'il travaille pour nous, ne devons-nous pas travailler pour lui ? Tu vois, mon enfant, que ce n'est pas lui qui doit nous faire peur. Hélas ! Nous autres abeilles, nous avons beaucoup d'ennemis, les uns plus redoutables que les

119

autres. Quand tu seras plus âgée, tu le reconnaîtras toi-même. Avant tout, tu dois visiter ta demeure. »
Et elle reconduisit Pluchette dans la ruche.

II

CE QUE PLUCHETTE VIT DANS LA RUCHE

Pluchette était émerveillée ; elle marchait d'extase en extase.

Une ruche a réellement l'aspect d'une ville. Elle est entourée d'une enceinte en bois ; dans l'intérieur, les rues sont parfaitement alignées ; les maisons de cire, toutes bâties sur le même modèle hexagonal, sont symétriquement rangées. Dans l'intérieur des maisons la distribution des pièces est toute spéciale : celles du centre, où la température est la plus élevée, sont consacrées à la crèche contenant les berceaux des nouveau-nés. Celle chambre est entre deux autres pièces appelées magasins, car elles servent de dépôt aux provisions de miel.

Quelle foule, grands dieux ! Quelle foule s'agite de tous côtés ! C'est à peine si on parvient à se frayer un passage. D'une part, les Nounous vont et viennent, absorbées par les soins qu'elles donnent aux bébés. Plus bas, dans un quartier qui n'est pas encore achevé, ce sont les abeilles charpentières qui travaillent avec ardeur. Leur labeur est rude, comme vous allez le voir. Elles absorbent d'abord une énorme quantité de miel et vont ensuite se suspendre en guirlande au plafond, s'accrochent avec leurs pattes de derrière, et laissent flotter leur tête dans le vide. Elles restent dans cette position peu agréable pendant vingt-quatre heures, dans le but de provoquer une abondante sueur, qui se transforme aussitôt en cire transparente. Munies de leur précieux matériel, elles se dirigent vers les rayons inachevés, enlèvent une feuille de cire et en font une petite boule, qu'elles adaptent à une cellule choisie d'avance. C'est ainsi que les ouvrières charpentières se succèdent sans relâche, et obtiennent des cellules d'une régularité et d'une similitude parfaites. Comme elles sont habiles ! Elles n'ont pas besoin d'avoir recours aux architectes ; tout l'honneur de ces

La vie des insectes

belles constructions leur revient en propre.

Voici, à présent, les ouvrières approvisionneuses, qui reviennent des champs avec leur récolte de miel puisée clans le calice des fleurs. Elles sont pressées d'en remplir les alvéoles vides, afin de céder la place aux charpentières dont la mission est de couvrir ces alvéoles, pour conserver intacte leur précieuse provision.

Partout l'activité, partout l'ardeur au travail poussées au plus haut degré. Pluchette en fut honteuse et humiliée.

« Tu vois, Nounou, dit-elle tristement, tout le monde est occupé, il n'y a que moi de désœuvrée.

– Tu auras encore le temps de te mettre à l'ouvrage, ma chérie, répondit la Nounou, pour la consoler. Tu parles des désœuvrés : nous en avons ici, et de véritables, ce sont Messieurs les Bourdons. Viens avec moi, je te les montrerai ; mais prends garde, sois prudente, ils sont hautains, orgueilleux, ils font les importants et qui plus est, ils ne badinent pas.

Sur ce, elles entrèrent dans le nouveau quartier, où se trouvaient les cellules vides préparées pour la nouvelle génération. À peine eurent-elles fait cinq pas, qu'elles tombèrent sur un groupe de bourdons. Ces hauts personnages avaient de longues ailes et de gros ventres. Nounou n'avait pas exagéré en parlant de ces messieurs en termes peu flatteurs, car à peine l'un d'eux eut-il aperçu les deux visiteuses qu'il entra dans une grande colère, et leur cria d'une voix de basse-taille :

« Où allez-vous ? Que venez-vous faire ici ? »

Pluchette n'était pas la seule à trembler de frayeur. Nounou elle-même resta interloquée par cette grossière apostrophe.

« Nous sommes venues, Monseigneur, vous demander la permission de contempler sa Majesté la Reine.

– Cela ne se peut pas, répondit-il d'un ton bourru et sévère.

– Que Votre Altesse daigne nous accorder cette grâce, ajouta-t-elle d'une voix suppliante.

– C'est impossible, soit dit une fois pour toutes : la Reine est occupée en ce moment à déposer les œufs dans les alvéoles. Croyez-vous que ce soit une petite besogne que de déposer tous les jours deux mille œufs ? Eh bien, qu'attendez-vous donc ? allez-vous en… sortez… ! »

Nounou poussa un soupir et tira doucement l'aile de Pluchette.

« Il n'y a rien à faire, dit-elle, allons-nous en. »

Elles étaient sur le point de se retirer, mais heureusement pour elles, la Reine venait d'achever son rude travail. Elle avait en effet déposé deux milles œufs, et même une dizaine de plus cette fois.

En ce moment, une voix sonore et merveilleusement belle se fit entendre dans un des quartiers latéraux, accompagnée d'un hourrah formidable poussé par les bourdons.

Saisie d'émotion, Pluchette était rivée à sa place.

La reine parut : elle était beaucoup plus grande de taille que les abeilles-ouvrières ; très svelte, très gracieuse, elle avait en même temps une majesté toute royale. Elle daigna incliner légèrement la tête devant nos deux curieuses, et passa dans ses appartements privés.

« C'est là une reine, en réalité ! s'écria Nounou ravie. Jour et nuit on travaillerait pour elle sans ressentir la moindre fatigue.

– Ah ! c'est bien vrai, confirma Pluchette, à peine remise de son émotion. Dis-moi, Nounou, comment pourrais-je contribuer à ce travail ?

– L'ouvrage ne te manquera pas, mon enfant ; tu es encore trop jeune pour aller dans les champs, mais si tu veux prendre soin des bébés, ou construire les rayons, tu peux commencer dès à présent, en choisissant ce qui te convient le mieux.

– Soigner les enfants, c'est presque jouer à la poupée », reprit-elle joyeusement, et elle courut dans la crèche.

Pluchette devint bientôt une excellente Nounou, presque aussi bonne que celle qui l'avait soignée elle-même.

III

Comment Pluchette fut enrôlée dans les approvisionneuses

Plusieurs jours se passèrent ainsi, et Pluchette remplissait ses fonctions avec tant d'ardeur auprès de la nouvelle génération, qu'elle ne songeait même pas à prendre l'air sur le seuil de la porte.

« Tu finiras par t'exténuer, lui dit un jour son ex-Nounou. Tu devrais faire une promenade et essayer tes ailes.

– Mais je ne sais pas encore voler, répondit Pluchette.

– C'est en forgeant qu'on devient forgeron, dit le proverbe. Tu dois apprendre à voler tôt ou tard.

– Et si je tombe ?

– Tu te relèveras ; mais il n'est pas dit que tu tomberas. »

Pluchette finit par suivre le conseil de sa vieille Nounou. Se mettant sur le pas de la porte, elle bat des ailes, et la voilà lancée dans les airs, sans savoir comment. Elle tremble, elle se voit sur le point de tomber ; mais pas du tout, ses ailes la soutiennent. Au même instant notre petite novice s'entendit appeler par une vieille approvisionneuse, qui passait près d'elle.

« Que fais-tu là, petit ourson ébouriffé, dit la vieille abeille ?

– Je me promène.

– Ah ! tu te promènes, vraiment ? Tu te promènes tandis que tes compagnes s'exténuent de fatigue. Tu te promènes, vigoureuse, bien portante et couverte d'une belle fourrure à laquelle s'attacherait le moindre atome ! Eh, eh ! Il est écrit dans ta destinée que tu dois être approvisionneuse. Je consens même à te prendre en apprentissage. Viens avec moi, dépêche-toi. »

La vieille semblait courroucée, mais au fond elle admirait la fourrure de Pluchette ; il était évident que Pluchette lui plaisait puisqu'elle s'était chargée de son éducation.

Pluchette semblait ravie. Elle entrait d'emblée dans la classe des approvisionneuses. Sa protectrice voulut l'initier séance tenante à son nouveau métier. Elle se mit à voler avec une telle rapidité, que la pauvre enfant eut peine à la suivre. Arrivées dans un champ où l'on coupait le foin, elles y trouvèrent des fleurs de toute espèce, il y en avait de lilas, de rouges, de jaunes, de blanches.

« Halte-là ! » commanda la vieille. Et la voilà qui se pose sur une fleur odoriférante, et se glisse peu à peu dans la corolle. Pluchette la suit dans tous ses mouvements.

« Vois-tu, reprit la vieille, le miel se trouve là, au fond de la fleur. Lèche-le, mais garde-toi de l'avaler ; recueille-le au fur et à mesure dans ton petit jabot ; regarde, comme ceci. »

Et puisant une goutte de miel, s'aidant avec les pattes, elle la fit passer dans son jabot. Pluchette l'imita.

« Bravo, s'écria la vieille, satisfaite. Maintenant il nous faut encore nous procurer une nourriture plus ordinaire ; nous la trouverons ici également. Mais pour qu'elle s'attache mieux à nos pattes, nous allons les enduire de miel. »

124   Et joignant l'action à la parole, elle frotta de miel ses pattes de derrière, ainsi que celles de Pluchette.

« Ta fourrure est belle, sans doute, mais pour ce que nous avons à faire, le miel vaut mieux encore. Suis-moi et copie tous mes mouvements. »

Elle sortit de la corolle, et se faufilant entre les anthères jaunes de la fleur qu'elle secoua en passant, elle en fit tomber le pollen sur ses pattes de devant et le passa adroitement sur celles de derrière enduites de miel.

Pluchette fit exactement comme elle. Tout à coup elle éclata de rire : toutes les deux semblaient avoir revêtu un maillot de velours jaune.

« C'est bien joli, n'est-ce pas, dit la vieille, mais je suis un peu inquiète pour toi. Je crains, que chargée de ce fardeau, tu ne puisses rentrer à la maison.
– J'espère y parvenir », répondit Pluchette, et elle partit.

Oh ! oui, c'était lourd, très lourd pour la pauvrette, qui n'avait pas encore l'habitude du travail. Cependant elle parvint à atteindre le toit paternel.

À peine parut-elle sur le seuil de la ruche, qu'elle fut entourée, assaillie par un essaim de nounous et de charpentières, qui se mirent aussitôt à la dépouiller de son joli maillot jaune.

« Au secours ! À moi ! on me dévalise ! cria Pluchette. On va détruire mon beau maillot !

– N'importe ! laisse-les faire, répondit son ancienne Nounou. Elles ont faim, et il faut qu'elles mangent tôt ou tard. »

Cependant elle intervint quelques instants après :

« Vous en avez assez, à présent, gourmandes, dit-elle, laissez-la en repos. Quant à toi, mon enfant, il est temps que tu procèdes à la livraison du miel. »

Sur ce, elles entrèrent dans le garde-manger et firent couler dans des pots le miel que Pluchette avait conservé dans son jabot.

Et voilà comment Pluchette devint approvisionneuse. Son travail était rude, il est vrai, mais avec quelles délices elle se reposait ensuite de ses fatigues.

Pendant la récréation du soir, elle se promenait avec ses compagnes sur le seuil de la ruche, comme dans une belle avenue. On aurait pu les voir toutes se balancer, se secouer, bourdonner et bavarder à qui mieux mieux. Elles avaient tant de choses à se dire et trouvaient à peine le temps de se communiquer leurs impressions. Que ne voyaient-elles point par le monde, dans l'espace d'une journée !

IV

COMMENT SE FORME UN NOUVEL ESSAIM

La reine continue de déposer journellement de mille à deux mille œufs, et chaque œuf représente une future abeille. Il arrive souvent que, la ruche étant trop étroite pour contenir tous ses habitants, les abeilles sont forcées de se partager en deux familles, c'est-à-dire en deux essaims.

Un jour on entendit dans un des coins de la ruche un timide kvâ, kvâ, kvâ, auquel répondit, de l'autre côté de la ruche, un tiou, tiou, tiou, courroucé. Le timide kvâ, kvâ sortait d'un berceau où venait de naître une nouvelle reine. Elle était impatiente de voir la lumière, mais elle n'osait se montrer. Le tiou, tiou, vous le devinez, venait de la vieille reine qui, jalouse de se voir remplacer, était entrée dans une grande fureur, prévoyant que deux reines dans une même ruche ne pouvaient s'entendre.

« Laissez-moi aller chez elle, criait la vieille reine hors d'elle, je saurai l'arranger. »

Les bourdons et les ouvrières lui barrèrent le passage :

« Que Votre Majesté daigne la prendre en pitié et ne lui faire aucun mal. Nous implorons la clémence de Votre Majesté. Puisqu'il faut que l'une des deux cède la place, c'est à la plus sage à le faire.

– Vous avez raison, dit la vieille reine en poussant un soupir. Eh bien, que ceux qui m'aiment me suivent ! »

Et elle partit comme une flèche, abandonnant la ruche qu'elle avait créée et où elle avait régné jusqu'à présent sans partage.

Hélas ! les ailes d'une reine sont plutôt un ornement ; elles sont courtes et peu utiles. À peine eut-elle parcouru un petit espace, qu'elle se sentit exténuée de fatigue. Elle fut forcée de se poser sur un arbre voisin pour reprendre haleine, et fut bientôt rejointe par toutes les abeilles vieillies à son service, qui vinrent se grouper autour d'elle. En un clin d'œil il n'y eut plus de place ; forcées de s'entasser les unes sur les autres, elles formèrent une masse noire si lourde, qu'elle fit pencher la branche jusqu'à terre. Cette branche se serait brisée même, si une main vigoureuse ne l'avait soutenue. D'où venait ce secours inattendu ? Du propriétaire des abeilles, un petit vieillard à barbe blanche, qui avait tant épouvanté Pluchette le jour de sa première sortie.

Il était assis dans sa cabane, lorsqu'il s'aperçut que l'agitation régnait parmi les abeilles. Il devina qu'elles se préparaient à former un nouvel essaim. Il se couvrit le visage d'un masque en fil de fer, mit des gantelets, et prenant d'une main une pelle en bois, et une ruche vide de l'autre, il se dirigea vers l'arbre sur lequel se tassaient la reine et ses partisans. Voyant que la branche allait céder sous le poids de ces hôtes passagers, il plaça à terre la ruche vide, se mit à puiser avec sa pelle dans la masse des abeilles, ainsi qu'il l'eût fait dans du goudron ou de la mélasse, et essaya d'en remplir la ruche. La besogne était difficile ; les abeilles

Contes russes du XIXᵉ siècle

refusaient d'entrer, n'y voyant pas la reine. Heureusement le vieillard la découvrit bientôt : « Ah ! vous voilà, Madame », dit-il, et la prenant avec précaution, il la déposa à l'entrée de la ruche.

La reine, qui commençait à suffoquer sous cette lourde pression, fut ravie d'être délivrée, et d'un bond se précipita au fond de sa nouvelle habitation. Toutes les abeilles la suivirent immédiatement, et le nouvel essaim se trouva constitué. Le vieillard transporta alors la ruche dans un endroit plus découvert et mieux exposé au soleil.

« À la grâce de Dieu », dit-il, et il partit.

Et Pluchette ? Pluchette avait suivi la reine-mère dans cet essaim nouveau. Elle allait et venait dans cette nouvelle cité. Ah ! que c'était vide et peu confortable ! Point de rues, point de maisons ; ni garde-magasins, ni le moindre petit pot de miel ! Que faire ? Il fallait travailler, à présent, beaucoup travailler pour rendre la nouvelle demeure aussi agréable que l'ancienne.

Ce fut un vrai miracle comme on en trouve dans les contes de fées ; la ruche se trouva organisée de la façon la plus complète : tous les rayons furent remplis d'un miel doré et parfumé. En quoi consistait donc ce miracle ? En ce que toutes les abeilles travaillaient avec la même ardeur, la même application, et que l'accord le plus parfait régnait entre elles. Le miracle était dans leur devise : « Tous pour un, un pour tous ! »

V

QUELLE FUT LA FIN DE PLUCHETTE

Les abeilles vivent dans la plus grande harmonie. Jamais elles ne se disputent, jamais elles ne se querellent, tout est calme et correct, spectacle édifiant. Malheureusement elles ont beaucoup d'ennemis : tantôt c'est une hirondelle ou un moineau qui les saisissent au vol et en font leur pâture ; tantôt c'est une araignée qui les attire dans sa toile, et alors c'en est fait d'elles. Tantôt une méchante guêpe les transperce de son dard, et les dévore sur l'heure.

Il est vrai que l'abeille aussi a un dard pour se défendre, mais c'est pour elle un grand danger de s'en servir. Si elle enfonce son dard, sans pouvoir le retirer, elle en meurt. Bien entendu, lorsqu'il faut défendre la ruche contre les voleurs et les assassins, il ne s'agit pas de marchander sa vie, on doit mourir sur place : «Tous pour un, un pour tous », telle est la loi.

Les pillards sont si nombreux qu'il est impossible de les énumérer tous. C'est une abeille étrangère qui s'introduit dans la ruche, ou bien c'est une fourmi qui se glisse sournoisement parmi les travailleuses. Pour celles-là le dard est une défense inutile ; on sait si bien les punir qu'elles mettent bas les armes en demandant grâce. Mais les ennemis les plus redoutables sont la petite souris et l'ours monstrueux.

La souris s'introduit surtout pendant l'hiver dans la cave où le gardien descend les ruches pour les préserver du froid, tandis que maître Michka[1] attaque les abeilles en toute saison, rarement, mais d'une façon terrible. C'est que Michka est un délicat ; c'est comme l'indique son nom russe, un amateur[2].

---

1. Surnom familier de l'ours en Russie – NdÉ.
2. Jeu de mot intraduisible entre *med*, « miel », et *medved'*, « ours » - NdE.

Un jour que Pluchette rentrait avec sa récolte habituelle, elle perçut de loin des clameurs inusitées ; on eût dit d'une révolution dans tout le rucher ; en même temps un terrible grognement se fit entendre. S'approchant davantage, elle s'arrêta dans son vol, et vit les abeilles qui s'échappaient par centaines, par milliers, de toutes les ruches, comme si elles allaient se former en essaims.

L'air retentissait de bruits divers, et dans ce vacarme on ne distinguait que ces mots : « l'ours ! l'ours ! »

Quant à maître Michka, il était lourd, énorme et velu ; dressé sur ses pattes de derrière, il évoluait, il circulait entre les ruches, soufflant, grognant, et se déballant avec ses pattes de devant contre les abeilles. Tout à coup il sembla réfléchir, et se tournant brusquement vers la ruche la plus voisine – c'était justement celle qui avait vu naître Pluchette –, il l'abattit d'un coup de patte. Le couvercle roula. et les dernières abeilles qui se trouvaient dans la ruche s'élevèrent en tourbillon. Se garant d'une patte, le monstre introduisit l'autre dans la provision de miel et s'empara du rayon le plus appétissant et le plus doré.

Hors d'elle, à la vue de ce pillage, Pluchette s'écria: « Tous pour un, un pour tous » ; elle se précipita sur la tête du monstre et lui lança son dard clans l'œil. Hurlant de douleur, maître Michka s'enfuit à toutes jambes. Dans ce moment le gardien accourut, et relevant la ruche, la remit à sa place.

Et la pauvre Pluchette ! Elle avait plongé si profondément son dard dans l'œil de l'ours qu'il y resta planté. Du coup la pauvrette sentit ses forces faiblir. Elle roula à terre, se blottit dans l'herbe et s'endormit pour l'éternité !

La vie des insectes

Ne regrettait-elle pas, en expirant, de s'être sacrifiée pour sauver la ruche ? Non, elle ne le regrettait pas. Les dernières paroles qu'elle prononça avant de mourir, d'une voix si faible qu'on l'entendit à peine, furent :
Tous pour un, un pour tous !

Alexandra
Kovalenskaya

Le Tue-mouche

La coccinelle, saisie d'une peur indicible, courait, en grande hâte, rejoindre sa voisine ; à grand-peine parvenait-elle à surmonter les obstacles dont la route était semée. Ses vêtements rouges, piquetés de taches noires, étaient cette fois en désordre et laissaient dépasser une de ses ailes diaphanes. Il était évident qu'elle s'était habillée avec précipitation et avait oublié de cacher les délicats tissus de ses petites ailes intérieures. Essoufflée, trébuchant à chaque pas, elle finit pourtant par atteindre le bas de la mousse et héla sa voisine d'une voix entrecoupée.

« Voisine, où es-tu ? criait la coccinelle. Viens donc vite… »

À cet appel, un insecte sortit de dessous la mousse ; ses vêtements étaient aussi piquetés de noir. La voisine était également une coccinelle.

« Qu'y a-t-il donc ? demanda la voisine, en se glissant entre deux jeunes brins d'herbe qui ressemblaient. à des pins minuscules.

– Un grand malheur ! s'écria la 'rouge'. Le souffle me manque ! Je n'ai pas même pris le temps de m'habiller et de me débarbouiller pour accourir ici.

– Mais qu'y a-t-il donc enfin ? reprit la coccinelle jaune. Raconte, que je puisse comprendre ce qui s'est passé.

– Des choses horribles, ma chère voisine, des choses positivement horribles ! Je ne saurais même bien vous les raconter… Nous étions tous paisiblement installés à l'abri de ces petits pins, chacun se livrait à ses occupations… quand tout à coup… Oh ! quelles choses terribles ! Jamais je ne pourrai vous les dire… Tout le monticule s'est mis à trembler ; la terre se gonfla et se fendit sous nos pas, et avec quel bruit ! Des pieds de mousse furent entièrement déracinés. Nous ne pûmes, naturellement, nous maintenir debout et nous fûmes tous jetés à terre. Vous m'en voyez encore toute saisie !…

– Mais qu'est-ce que cela peut bien être ? fit la 'jaune', très surprise. Vous avez bien dû voir quelque chose ! Pourquoi n'avez-vous pas regardé ?

Contes russes du XIXᵉ siècle

– Vous en parlez à votre aise, voisine ! Regarder quoi ? répondit avec émotion la 'rouge'. Très effrayés, nous nous sommes dispersés de tous les côtés. Où veux-tu que nous allions maintenant ? Nous avons tous des nids et des œufs, tu le sais bien. Et, à présent, comment faire ? Où aller ? »

Et la « rouge » se mit à pleurer.

« Pourquoi pleures-tu ? disait la 'jaune', qui était une bestiole très sensée et cherchait à consoler sa voisine. Il faut voir d'abord. Nous devons accepter avec patience les épreuves que le sort nous envoie. Et, maintenant, je vais t'accompagner : nous allons examiner sur place l'étendue du désastre. »

Et elles partirent.

De fort loin encore, elles aperçurent un grand tumulte et entendirent un grand brouhaha. Tout le peuple s'empressait de quitter le monticule. Chacun emportait ce qu'il avait de plus précieux : celui-ci déménageait ses œufs, celui-là un grain de blé ; quelques-uns avaient saisi des feuilles, et tous s'enfuyaient en se bousculant. La consternation était générale, et on voyait clairement que ce peuple était fou de peur.

Les plus jeunes tâchaient de grimper sur un brin d'herbe dont ils s'efforçaient de gagner la cime ; mais bien souvent, après l'avoir atteinte, ils retombaient à terre. La peur les aveuglait tellement que les insectes ailés en oubliaient même leurs ailes et la façon de s'en servir, et se bousculaient sur le sol comme les autres, augmentant ainsi le trouble général.

« Mon Dieu ! que vais-je faire, à cette heure, de mes petits enfants ? » sanglotait la « rouge ».

Et, de désespoir, elle s'affala par terre, les pattes en l'air.

La « jaune » elle-même fut fortement troublée à ce spectacle, et se mit à regarder avec inquiétude du côté de sa propre demeure.

« Ne te désole pas tant, ma mère, disait-elle à sa malheureuse voisine, en s'efforçant de la consoler. Les larmes, vois-tu, ne te serviront à rien, et le désespoir est un grand péché. Le sort nous envoie des épreuves en raison des méfaits que nous avons commis. Évidemment, nous sommes de grands coupables.

– Mais où aller ? soupirait toujours la 'rouge'. Où pourrais-je maintenant abriter ma tête ? C'est évidemment la ruine complète, irrémédiable !

– Allons, lève-toi, dit la 'jaune'. Voilà assez de tourments pour aujourd'hui ; en attendant, viens chez moi. »

Et elle emmena la « rouge », terrassée par le chagrin. Pendant longtemps les voisines causèrent de cet événement, et le peuple s'en désolait beaucoup, car la ruine était générale. Les lieux où la catastrophe s'était produite étaient à présent déserts ; de temps en temps, seulement, le sol craquait d'une façon sinistre ; le tapis de mousse s'effondrait de plus en plus ; des débris épars jonchaient misérablement le sol et tous les habitants s'étaient enfuis.

Vers le soir, quand tous les fugitifs se furent abrités, comme ils avaient pu, dans les trous et sur les monticules voisins, les bestioles se ressaisirent un peu ; les jeunes gens se rassemblèrent et on délibéra sérieusement au sujet du terrible événement qui les avait tous mis en fuite.

Un jeune scarabée audacieux proposa d'explorer les lieux du sinistre. Mais les vieux de la vieille déconseillèrent fortement cette expédition, et les coccinelles se refusèrent même à entendre parler d'une pareille entreprise. Néanmoins l'audacieux promoteur de la proposition, un scarabée bleu, ne voulut pas en démordre, et quelques-uns de ses camarades, aussi aventureux que lui, résolurent de le suivre en cachette. Cependant, pour plus de prudence, on décida d'envoyer en éclaireur une fourmi ailée qui devait procéder à une exploration méthodique en se tenant, pour éviter toute espèce de. danger, à une certaine hauteur au-dessus du sol.

La fourmi ailée fit ses préparatifs et partit. Toute la jeunesse attendit son retour, installée au bord du champ de mousse, là où le tapis velouté finit et où commencent ces petites pousses isolées qui ressemblent à des pins minuscules.

L'éclaireur revint bientôt et déclara, pour commencer, que tout était là-bas parfaitement tranquille. Cependant, il ajouta qu'il y avait aperçu une chose singulière : une lueur rouge intense filtrait à travers la terre et pourtant il n'y avait rien.

Les jeunes gens se regardèrent, puis, honteux de leur coupable indécision, ils décidèrent de se rendre immédiatement sur les lieux avant que le soleil se fût couché.

Ainsi fut fait. Toute la compagnie se mit en route.

À une courte distance du monticule, ils firent halte et prêtèrent l'oreille. Tout était parfaitement calme, comme l'avait annoncé l'éclaireur. Alors le scarabée bleu, le plus audacieux de la bande, escalada le monticule en criant :

« À moi, les braves ! »

À ce cri, le sang bouillonna dans les veines des jeunes gens, et tous, se ruant à la suite du scarabée bleu, commencèrent à escalader le monticule.

Ils avaient à peine atteint le sommet que la terre se fendit avec un fracas épouvantable et quelqu'un cria d'une voix terrible :

« Sauve-qui-peut ! »

À ce moment, un énorme tue-mouche surgit du sol, rouge comme une écrevisse bouillie, gras et ventripotent. Son manteau blanc, percé de trous, ne le couvrait qu'imparfaitement ; son chapeau était crânement posé de côté sur sa tête et il regardait fièrement autour de lui.

À ce spectacle terrifiant, nos gens s'enfuirent dans le plus grand désordre ; ils dégringolèrent, en se bousculant à qui mieux mieux, du petit monticule et se dispersèrent dans toutes les directions.

« Évitez le monticule ! » criait le tue-mouche, en devenant de plus en plus rouge.

Mais les jeunes téméraires n'avaient pas besoin d'être stimulés dans leur fuite. Le tue-mouche le savait bien d'ailleurs, mais il voulait un peu se moquer d'eux.

Hors d'haleine, les jeunes scarabées arrivèrent enfin chez eux et tombèrent anéantis sur la mousse.

« Malheur ! Malheur ! clamaient les coccinelles. Quand donc verrons-nous la fin de nos malheurs ? Ô nos têtes, nos pauvres têtes ! »

Pendant longtemps encore le peuple s'entretint de cette mémorable expédition, et la tranquillité ne revint tout à fait que lorsque la lune, ayant presque terminé sa carrière, céda la place à l'aurore, et que la rosée en tombant rafraîchit un peu toutes ces têtes surchauffées.

Dans le silence profond de la nuit, un pauvre brin tout sec de campanule des champs s'était, lui aussi, assoupi ; avec calme et sérénité, il attendait l'heure de sa mort.

Tout près du tue-mouche, la terre craquait encore de temps en temps, mais il n'y prêtait nulle attention. Fièrement, les poings sur les hanches, le champignon se tenait droit et regardait avec orgueil et d'un air fort méprisant le pauvre brin desséché et tout courbé vers le sol.

Finalement, le sommeil finit tout de même par le vaincre et le tue-mouche s'endormit sans changer de position. Il ne remarqua pas que la nuit étoilée semait des larmes sur sa tête, aussi ridicule que présomptueuse.

Le ciel s'obscurcit ; la lune disparut à l'horizon ; les étoiles, tout doucement, pâlirent et, vers l'orient, apparut une bande rose et claire. Le vent commença à se lever et à parcourir, en gambadant, le royaume diapré des insectes et des fleurs. Sous sa caresse, les fleurs tressaillirent et doucement penchèrent, vers la sereine clarté, leurs corolles éclatantes. Toute la forêt s'illumina d'une lueur rose ; des nuages aux bords frangés de pourpre planèrent dans le ciel et le brouillard du matin, s'élevant du sol, se mit à leur poursuite.

Le bois entier s'éveilla. Les oiseaux commencèrent leurs chants ; les insectes sortirent de leurs refuges ; un écureuil blanc, à queue fourrée, escalada un bouleau, bondit de là sur un pin ; et, en se balançant gracieusement, il prêtait l'oreille aux bruits de l'aurore. Un lièvre franchit, en sautillant, la route et gagna par bonds, à travers la plaine, la source voisine. Une fauvette se fit entendre et les moustiques, les scarabées, les coccinelles commencèrent leur remue-ménage.

Le pauvre brin de campanule leva la tête alors et regarda le tue-mouche : le champignon était devenu plus rouge encore. Son. chapeau était parsemé de boutons blancs ; il avait beaucoup grandi depuis la veille et grossi encore bien davantage. Sa taille et son extrême obésité effrayaient même les moineaux, et les coccinelles, qui étaient sorties pour se baigner dans la rosée, restaient terrifiées. Le tue-mouche était, maintenant, devenu visible du nouveau monticule qu'elles avaient choisi.

139

« Malheur ! se disaient-elles entre elles. Comment a pu naître un pareil monstre ? Voyez de quelle manière insolente il nous regarde ! »

Et tous prirent la fuite.

Les jeunes scarabées étaient fort honteux d'avoir été si lâches la veille et ne savaient comment affronter les regards de leurs voisins. Ils résolurent entre eux de se rendre de nouveau dans le voisinage du tue-mouche, mais toutefois sans trop s'en approcher. La coccinelle rouge se décida, elle aussi, à les suivre dans leur expédition. Elle avait abandonné sur le monticule tout son ménage et tout son mobilier et voulait, à présent, tâcher d'en sauver au moins quelque chose. Sans que personne la remarquât, elle prit à travers les petites tiges isolées de la mousse et s'embusqua aux alentours de son ancienne demeure.

Mais le tue-mouche, du haut de son monticule, eut vite fait d'apercevoir les jeunes scarabées et la bestiole rouge.

« Voulez-vous bien ne pas approcher ! hurlait-il. Autrement je vous empoisonnerai tous. »

Les scarabées s'arrêtèrent, mais ils ne voulurent point reculer. Seul, le scarabée bleu sortit du groupe et s'avança.

« Voyez-vous le présomptueux ! criait toujours le tue-mouche. Sais-tu seulement qui je suis ? Je suis le tue-mouche, rien que cela ! Et qui donc se cache là-bas ? Hé ! Là-bas ! la bestiole aux vêtements rouges ! Que fais-tu là ? En voilà un ramassis ! »

Les scarabées étaient fort effrayés, mais ils n'en laissèrent rien paraître et continuèrent à regarder le tue-mouche qui semblait furieux.

La pauvre coccinelle se fit toute petite et se cacha sous les racines de la mousse. Le brin de campanule regardait attentivement toute cette scène et hochait doucement la tête ; on voyait qu'il réfléchissait profondément.

Enfin les scarabées s'éloignèrent ; ils affectaient de se promener d'un air insoucieux.

Sur ces entrefaites, la pluie commença à tomber. Toutes les créatures se hâtèrent de s'abriter le mieux qu'elles purent. Le tue-mouche restait fièrement debout et riait, à gorge déployée, de la lâcheté de tout ce petit monde.

La pluie tombait en cascade, mais glissait sur la surface lisse et élastique de sa tête qui devint encore plus rouge.

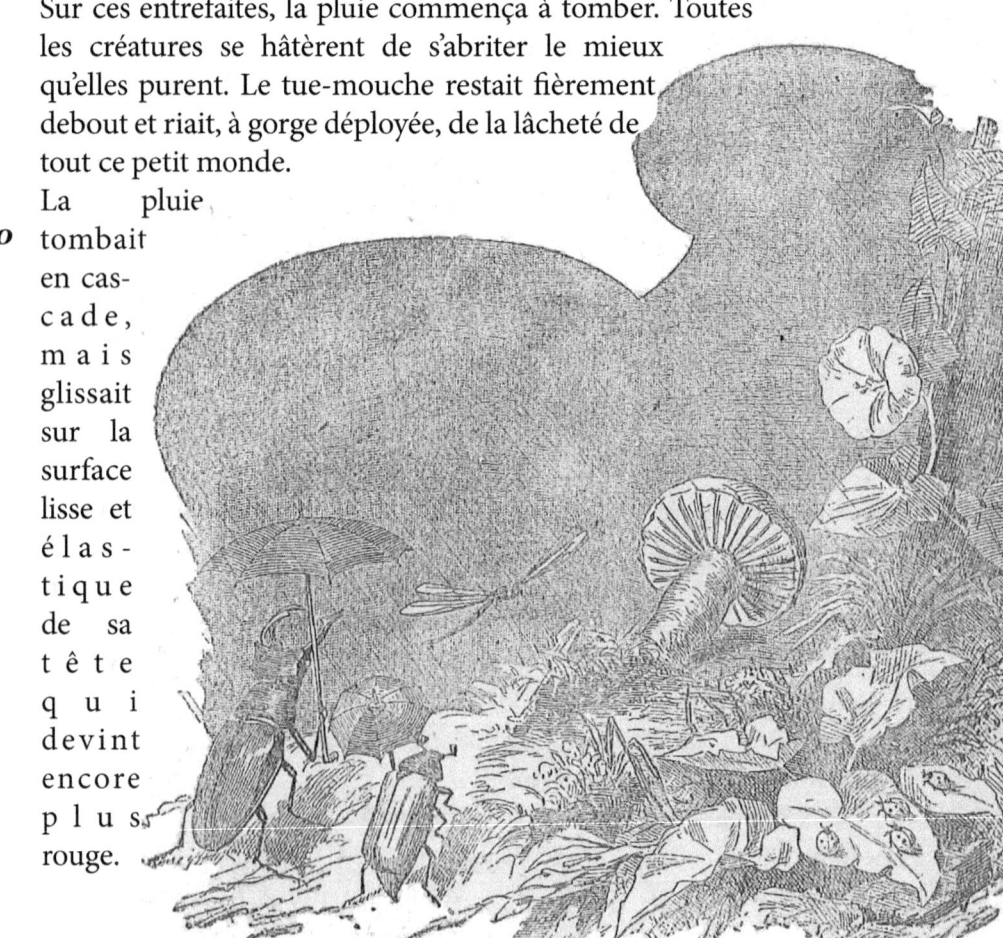

La vie aes insectes

L'obscurité se faisait cependant, et la pluie ne cessait toujours pas. La nature se couvrait comme d'un linceul.

Tout était silencieux. Seulement, près du tue-mouche, on entendait comme un bruit de gouttière; c'était l'eau qui coulait du haut de son chapeau par terre. Toute la nuit se passa ainsi.

Vers le matin, la pluie cessa, le ciel s'éclaircit et toutes les créatures reparurent comme par enchantement. Les scarabées, perchés sur le faîte de leur monticule, observaient le tue-mouche.

« Au secours, mes frères! au secours! Mouches, scarabées, coccinelles et vous autres bestioles, commença à crier, tout à coup, le tue-mouche. Je tombe! »

Le peuple, fort effrayé, regardait le champignon.

« Je tombe! je tombe tout à fait! » criait le tue-mouche au comble du désespoir.

Et, en effet, il s'était incliné vers le sol; son chapeau avait glissé en arrière; son corps s'était congestionné; son visage avait bleui.

Les jeunes scarabées s'empressèrent d'accourir; mais ils n'avaient pas encore atteint leur ancien monticule que le tue-mouche s'était lourdement affaissé sur le sol qu'avait détrempé la pluie.

141

« Je m'anéantis, c'est fini, je meurs! » criait-il d'une voix caverneuse.

Et en effet, le jour même, l'orgueilleux champignon s'était entièrement liquéfié. Le soir il fut même tout à fait impossible de distinguer son beau chapeau du reste de son corps. Le tue-mouche était devenu un amas de boue gluante.

Et le brin de campanule hochait toujours la tête et réfléchissait.

« Voilà comment vient le mal, pensait-il. La place où a poussé ce champignon est maintenant empoisonnée et l'air en est tout infecté. Les anciens habitants de ce lieu sont dans le désespoir et la misère. Quelle joie de pouvoir un peu réparer ce désastre! »

Et versant une dernière larme de tendresse, d'un mouvement lent et doux, il prit, dans son cœur, sa graine la plus précieuse et la laissa tomber au milieu de la boue gluante.

L'été se passa; l'hiver aussi. Et, de nouveau, le printemps ensoleilla la terre. Toute la population du monticule se réveilla joyeusement à la vie nouvelle. Les scarabées et les coccinelles se décidèrent à réintégrer leur ancien domicile, mais il fallait auparavant reconnaître les lieux. Ils se portèrent donc en foule vers le sol natal et leurs yeux ravis aperçurent, au lieu du hideux et terrible tue-mouche, une campanule des champs élancée et robuste. Elle étendait largement son beau feuillage vert et semblait vigoureusement attachée au sol; mais ses petites tiges, garnies de blanches clochettes, se balançaient en cadence au moindre soupir du vent. Elle regardait joyeusement et avec une tendresse infinie cette multitude accourue.

« Venez tous vers moi, leur dit-elle. Tant que je vivrai, je vous abriterai soigneusement sous mes larges feuilles et je vous nourrirai du miel délicieux que produisent mes clochettes. Pour vous, j'emplirai l'air de suaves odeurs; pour vous, je donnerai mon cœur et ma vie même s'il le faut. Venez, venez habiter à l'ombre de mes feuilles.

Et tous la saluèrent avec reconnaissance et se hâtèrent d'accéder à son désir.

Et la population de ce monticule est, dit-on, la plus heureuse de toute la forêt.

142

Table des matières